42889

BIBLIOTHÈQUE

D'UNE

MAISON DE CAMPAGNE.

TOME LXXIV.

HUITIÈME LIVRAISON.

LES MILLE ET UNE NUITS.

LES

MILLE ET UNE NUITS,

CONTES ARABES.

IMPRIMERIE DE LEBÉGUE.

LES

MILLE ET UNE NUITS,

CONTES ARABES,

TRADUITS EN FRANÇAIS

Par M. GALLAND,

MEMBRE DE L'ACADÉMIE DES INSCRIPTIONS
ET BELLES-LETTRES, PROFESSEUR DE LANGUE
ARABE AU COLLÉGE ROYAL.

TOME QUATRIÈME.

A PARIS,

CHEZ LEBÉGUE, IMPRIMEUR-LIBRAIRE,
RUE DES RATS, N° 14, PRÈS LA PLACE MAUBERT.

1822.

LES

MILLE ET UNE NUITS,

CONTES ARABES.

CLVIᵉ NUIT.

Trois jours après que ce malheur me fut
arrivé, dit le jeune homme de Moussoul,
je vis avec étonnement entrer chez moi
une troupe de gens du lieutenant de police avec le propriétaire de ma maison,
et le marchand qui m'avait accusé faussement de lui avoir volé le collier de perles. Je leur demandai ce qui les amenait;
mais au lieu de me répondre, ils me lièrent et me garrottèrent en m'accablant
d'injures, en me disant que le collier
appartenait au gouverneur de Damas, qui

l'avait perdu depuis plus de trois ans, et
qu'en même temps une de ses filles avait
disparu. Jugez de l'état où je me trouvai
en apprenant cette nouvelle ! Je pris néanmoins ma résolution. Je dirai la vérité au
gouverneur, disais-je en moi-même ; ce
sera à lui de me pardonner ou de me faire
mourir. »

L'orsqu'on m'eut conduit devant lui,
je remarquai qu'il me regarda d'un œil de
compassion, et j'en tirai un bon augure.
Il me fit délier ; et puis s'adressant au
marchand joaillier, mon accusateur, et
au propriétaire de ma maison : « Est-ce
là, leur dit-il, l'homme qui a exposé en
vente le collier de perles ? « Ils ne lui
eurent pas plutôt répondu que oui, qu'il
dit : « Je suis assuré qu'il n'a pas volé
le collier : je suis fort étonné qu'on lui
ait fait une si grande injustice. » Rassuré
par ces paroles : « Seigneur, m'écriai-je,
je vous jure que je suis en effet très-inno-
cent. Je suis persuadé même que le collier
n'a jamais appartenu à mon accusateur,
que je n'ai jamais vu, et dont l'horrible
perfidie est cause qu'on m'a traité si indi-

gnement. Il est vrai que j'ai confessé que j'avais fait le vol ; mais j'ai fait cet aveu contre ma conscience, pressé par les tour- mens, et pour une raison que je suis prêt à vous dire, si vous avez la bonté de vou- loir m'écouter. » « J'en sais déjà assez, répliqua le gouverneur, pour vous rendre tout à l'heure une partie de la justice qui vous est due. Qu'on ôte d'ici, continua- t-il, le faux accusateur ; et qu'il souffre le même supplice qu'il a fait souffrir à ce jeune homme, dont l'innocence m'est connue. »

On exécuta sur-le-champ l'ordre du gouverneur. Le marchand joaillier fut en- mené et puni comme il le méritait. Après cela, le gouverneur ayant fait sortir tout le monde, me dit : Mon fils, racontez- moi sans crainte de quelle manière ce collier est tombé entre vos mains, et ne me déguisez rien. » Alors je lui décou- vris tout ce qui s'était passé, et lui avouai que j'avais mieux aimé passer pour un voleur, que de révéler cette tragique aventure. » Grand Dieu ! s'écria le gou- verneur dès que j'eus achevé de parler,

vos jugemens sont incompréhensibles, et
nous devons nous y soumettre sans mur-
murer ! Je reçois avec une soumission entière le coup dont il vous a plu de me
frapper. » Ensuite, m'adressant la parole :
« Mon fils, me dit-il, après avoir écouté
la cause de votre disgrâce, dont je suis
très-affligé, je veux vous faire aussi le
récit de la mienne. Apprenez que je suis
père de ces deux dames dont vous venez
de m'entretenir..... »

En achevant ces derniers mots, Scheherazade vit paraître le jour ; elle interrompit sa narration, et sur la fin de la nuit
suivante, elle continua de cette manière :

~~~~~~

CLVIIᵉ NUIT.

SIRE, dit-elle, voici le discours que le
gouverneur de Damas tint au jeune homme
de Moussoul : « Mon fils, dit-il, sachez
donc que la première dame qui a eu l'ef-
fronterie de vous aller chercher jusque
chez vous, était l'aînée de toutes mes
filles. Je l'avais mariée au Caire à un de

ses cousins, au fils de mon frère. Son
mari mourut ; elle revint chez moi, cor-
rompue par mille méchancetés qu'elle
avait apprises en Egypte. Avant son arrivée, sa cadette, qui est morte d'une manière si déplorable entre vos bras, était
fort sage, et ne m'avait jamais donné aucun
sujet de me plaindre de ses mœurs. Son
aînée fit avec elle une liaison étroite, et
la rendit insensiblement aussi méchante
qu'elle. Le jour qui suivit la mort de sa cadette, comme je ne la vis pas en me mettant
à table, j'en demandai des nouvelles à son
aîné qui était revenue au logis ; mais au
lieu de me répondre, elle se mit à pleurer
si amèrement, que j'en conçus un présage
funeste. Je la pressai de m'instruire de ce
que je voulais savoir. « Mon père, me
répondit-elle en sanglotant, je ne puis
vous dire autre chose, si non que ma
sœur prit hier son plus bel habit, son beau
collier de perles, sortit, et n'a point paru
depuis. » Je fis chercher ma fille par toute
la ville ; mais je ne pus rien apprendre de
son malheureux destin. Cependant l'aînée, qui se repentait sans doute de sa

fureur jalouse, ne cessa de s'affliger et de
pleurer la mort de sa sœur : elle se priva
même de toute nourriture , et mit fin
par-là à ses déplorables jours. Voilà , continua le gouverneur , quelle est la condition des hommes ; tels sont les malheurs
auxquels ils sont exposés ! Mais , mon
fils, ajouta-t-il , comme nous sommes tous
deux également infortunés , unissons nos
déplaisirs , ne nous abandonnons point
l'un l'autre. Je vous donne en mariage une
troisième fille que j'ai : elle est plus jeune
que ses sœurs , et ne leur ressemble nullement par sa conduite. Elle a même plus
de beauté qu'elles n'en ont eue ; et je puis
vous assurer qu'elle est d'une humeur propre à vous rendre heureux. Vous n'aurez
pas d'autre maison que la mienne , et après
ma mort , vous serez , vous et elle , mes
seuls héritiers. »

« Seigneur, lui dis-je, je suis confus de
toutes vos bontés, et je ne pourrai jamais
vous en marquer assez de reconnaissance. »
« Brisons là , interrompit-il , ne consu-
mons pas le temps en de vains discours. »
En disant cela, il fit appeler des témoins ;

ensuite j'épousai sa fille sans cérémonie.

Il ne se contenta pas d'avoir fait punir le marchand joaillier qui m'avait faussement accusé, il fit confisquer à mon profit tous ses biens, qui sont très-considérables. Enfin, depuis que vous venez chez le gouverneur, vous avez pu voir en quelle considération je suis auprès de lui. Je vous dirai de plus qu'un homme envoyé par mes oncles en Égypte, exprès pour m'y chercher, ayant en passant découvert que j'étais en cette ville, me rendit hier une lettre de leur part. Ils me mandent la mort de mon père, et m'invitent à aller recueillir sa succession à Moussoul ; mais comme l'alliance et l'amitié du gouverneur m'attachent à lui, et ne me permettent pas de m'en éloigner, j'ai renvoyé l'exprès avec une procuration pour me faire tenir tout ce qui m'appartient. Après ce que vous venez d'entendre, j'espère que vous me pardonnerez l'incivilité que je vous ai faite durant le cours de ma maladie, en vous présentant la main gauche au lieu de la droite. »

Voilà, dit le médecin juif au Sultan de

Casgar, ce que me raconta le jeune homme de Moussoul. Je demeurai à Damas tant que le gouverneur vécut ; après sa mort, comme j'étais à la fleur de mon âge, j'eus la curiosité de voyager. Je parcourus toute la Perse, allai dans les Indes ; et enfin je suis venu m'établir dans votre capitale, où j'exerce avec honneur la profession de médecin. »

Le sultan de Casgar trouva cette dernière histoire assez agréable. « J'avoue, dit-il au juif, que ce que tu viens de raconter est extraordinaire ; mais franchement, l'histoire du bossu l'est encore davantage, et bien plus réjouissante : ainsi, n'espère pas que je te donne la vie non plus qu'aux autres ; je vais vous faire pendre tous quatre. » « Attendez, de grâce, Sire, s'écria le tailleur en s'avançant et se prosternant aux pieds du sultan : puisque Votre Majesté aime les histoires plaisantes, celle que j'ai à lui conter ne lui déplaira pas. » « Je veux bien l'écouter aussi, lui dit le Sultan ; mais ne te flatte pas que je te laisse vivre, à moins que tu ne me dises quelque aventure plus divertissante que celle du bossu. » Alors le tailleur, comme s'il eût été sûr de son fait, prit la parole avec confiance, et commença son récit dans ces termes :

HISTOIRE

QUE RACONTA LE TAILLEUR.

Sire, un bourgeois de cette ville me fit l'honneur, il y a deux jours, de m'inviter à un festin qu'il donnait hier matin à ses amis. Je me rendis chez lui de très-bonne heure, et j'y trouvai environ vingt personnes.

Nous n'attendions plus que le maître de la maison, qui était sorti pour quelque affaire, lorsque nous le vîmes arriver accompagné d'un jeune étranger très-proprement habillé, fort bien fait, mais boiteux. Nous nous levâmes tous, et pour faire honneur au maître du logis, nous priâmes le jeune homme de s'asseoir avec nous sur le sofa. Il était prêt à le faire, lorsque apercevant un barbier qui était de notre compagnie, il se retira brusquement en arrière; et voulut sortir. Le maître de la maison, surpris de son action, l'arrêta. « Où allez-vous ? lui dit-il. Je vous amène avec moi pour me faire l'honneur d'être d'un festin que je donne à mes amis, et à peine êtes-vous entré, que vous voulez sortir ! » « Seigneur, répondit le jeune homme, au nom de Dieu, je vous supplie de ne me pas retenir, et de permettre que je m'en aille. Je ne puis voir sans horreur cet abominable barbier que voilà : quoiqu'il soit né dans un pays où tout le monde est blanc, il ne laisse pas de ressembler à un Éthiopien ; mais il a l'ame encore plus noire et plus horrible que le visage...... »

Le jour, qui parut en cet endroit, empêcha Scheherazade d'en dire davantage cette nuit ; mais, la nuit suivante, elle reprit ainsi sa narration :

CLVIIIᵉ NUIT.

Nous demeurâmes tous fort surpris de ce discours, continua le tailleur, et nous

commençâmes à concevoir une très-mau-
vaise opinion du barbier, sans savoir si
le jeune étranger avait raison de parler
de lui dans ces termes. Nous protestâmes
même que nous ne souffririons point à
notre table un homme dont on nous faisait
un si horrible portrait. Le maître de la
maison pria l'étranger de nous apprendre
le sujet qu'il avait de haïr le barbier.

« Seigneur, nous dit alors le jeune homme, vous saurez que ce maudit barbier
est cause que je suis boiteux, et qu'il
m'est arrivé la plus cruelle affaire qu'on
puisse imaginer ; c'est pourquoi j'ai fait
serment d'abandonner tous les lieux où
il serait, et de ne pas demeurer même
dans une ville où il demeurerait : c'est
pour cela que je suis sorti de Bagdad, où
je le laissai, et que j'ai fait un si long
voyage pour venir m'établir en cette ville
au milieu de la Grande-Tartarie, comme
en un endroit où je me flattais de ne le
voir jamais. Cependant, contre mon attente, je le trouve ici : cela m'oblige,
Seigneurs, à me priver malgré moi de
l'honneur de me divertir avec vous. Je

veux m'éloigner de votre ville dès aujourd'hui, et m'aller cacher, si je puis, dans des lieux où il ne vienne pas s'offrir à ma vue. »

En achevant ces paroles, il voulut nous quitter; mais le maître du logis le retint encore, le supplia de demeurer avec nous, et de nous raconter la cause de l'aversion qu'il avait pour le barbier, qui, pendant tout ce temps-là, avait les yeux baissés et gardait le silence. Nous joignîmes nos prières à celles du maître de la maison; et enfin le jeune homme, cédant à nos instances, s'assit sur le sofa; et après avoir tourné le dos au barbier, de peur de le voir, nous raconta ainsi son histoire :

Mon père tenait dans la ville de Bagdad un rang à pouvoir aspirer aux premières charges; mais il préféra toujours une vie tranquille à tous les honneurs qu'il pouvait mériter. Il n'eut que moi d'enfant; et quand il mourut, j'avais déjà l'esprit formé, et j'étais en âge de disposer des grands biens qu'il m'avait laissés. Je ne les dissipai point follement;

j'en fis un usage qui m'attira l'estime de
tout le monde.

Je n'avais point encore eu de passion,
et loin d'être sensible à l'amour, j'avouerai, peut-être à ma honte, que j'évitais
avec soin le commerce des femmes. Un
jour, que j'étais dans une rue, je vis venir
devant moi une grande troupe de dames ;
pour ne les pas rencontrer, j'entrai dans
une petite rue devant laquelle je me trou-
vais, et je m'assis sur un banc près d'une
porte. J'étais vis-à-vis d'une fenêtre où il
y avait un vase de très-belles fleurs, et
j'avais les yeux attachés dessus, lorsque
la fenêtre s'ouvrit ; je vis paraître une
jeune dame dont la beauté m'éblouit. Elle
jeta d'abord les yeux sur moi ; et en arro-
sant le vase de fleurs, d'une main plus
blanche que l'albâtre, elle me regarda
avec un souris qui m'inspira autant d'a-
mour pour elle, que j'avais eu d'aversion
jusque-là pour toutes les femmes. Après
avoir arrosé ses fleurs, et m'avoir lancé
un regard plein de charmes, qui acheva
de me percer le cœur, elle referma sa

4. 2

fenêtre, et me laissa dans un trouble et dans un désordre inconcevables.

J'y serais demeuré bien long-temps, si le bruit que j'entendis dans la rue ne m'eût pas fait rentrer en moi-même. Je tournai la tête en me levant, et vis que c'était le premier cadi de la ville, monté sur une mule, et accompagné de cinq ou six de ses gens. Il mit pied à terre à la porte de la maison dont la jeune dame avait ouvert une fenêtre; il y entra, ce qui me fit juger qu'il était son père.

Je revins chez moi dans un état bien différent de celui où j'étais lorsque j'en étais sorti : agité d'une passion d'autant plus violente, que je n'en avais jamais senti l'atteinte ; je me mis au lit avec une grosse fièvre, qui répandit une grande affliction dans ma maison. Mes parens, qui m'aimaient, alarmés d'une maladie si prompte, accoururent en diligence, et m'importunèrent fort pour en apprendre la cause, que je me gardais bien de leur dire. Mon silence leur causa une inquiétude que les médecins ne purent dissiper, parce qu'ils ne connaissaient rien à mou

mal, qui ne fit qu'augmenter par leurs
remèdes, au lieu de diminuer.

Mes parens commençaient à désespérer
de ma vie, lorsqu'une vieille dame de leur
connaissance, informée de ma maladie,
arriva. Elle me considéra avec beaucoup
d'attention; et après m'avoir examiné, elle
connut, je ne sais par quel hasard, le sujet
de ma maladie. Elle les prit en particulier,
les pria de la laisser seule avec moi, et de
faire retirer tous mes gens.

Tout le monde étant sorti de la chambre, elle s'assit au chevet de mon lit :
« Mon fils, me dit-elle, vous vous êtes
obstiné jusqu'à présent à cacher la cause
de votre mal; mais je n'ai pas besoin que
vous me la déclariez : j'ai assez d'expérience pour pénétrer ce secret, et vous ne
me désavouerez pas, quand je vous aurai
dit que c'est l'amour qui vous rend malade. Je puis vous procurer votre guérison,
pourvu que vous me fassiez connaître qui
est l'heureuse dame qui a su toucher un
cœur aussi insensible que le vôtre; car
vous avez la réputation de n'aimer pas les
dames, et je n'ai pas été la dernière à

m'en apercevoir: mais enfin, ce que j'avais prévu est arrivé ; et je suis ravie de trouver l'occasion d'employer mes talens à vous tirer de peine... »

Mais, Sire, dit la sultane Scheherazade en cet endroit, je vois qu'il est jour. » Schahriar se leva aussitôt, fort impatient d'entendre la suite d'une histoire dont il avait écouté le commencement avec plaisir.

~~~~~~~~~~~~~~~~~~~~~~~~~~~~~~~~~~~~~~

CLIXe NUIT.

Sire, dit le lendemain Scheherazade, le jeune homme boiteux poursuivant son histoire :

La vieille dame, dit-il, m'ayant tenu ce discours, s'arrêta pour entendre ma réponse ; mais quoiqu'il eût fait sur moi beaucoup d'impression, je n'osais découvrir le fond de mon cœur. Je me tournai seulement du côté de la dame, et poussai un profond soupir sans lui rien dire. « Est-ce la honte, reprit-elle, qui vous empêche de me parler, ou si c'est manque de confiance en moi? Doutez-vous de l'effet de ma promesse ? Je pourrais vous citer une infinité de jeunes gens de votre connaissance qui ont été dans la même peine que vous, et que j'ai soulagés. »

Enfin, la bonne dame me dit tant d'autres choses encore, que je rompis le silence ; je lui déclarai mon mal ; je lui appris l'endroit où j'avais vu l'objet qui le causait, et lui expliquai toutes les circonstances de mon aventure. « Si vous réussissez, lui dis-je, et que vous me procuriez le bonheur de voir cette beauté charmante, et de l'entretenir de la passion dont je brûle pour elle, vous pouvez compter sur ma reconnaissance. » « Mon fils, me répondit la vieille dame, je connais la personne dont vous me parlez ; elle est, comme vous l'avez fort bien jugé, fille du premier cadi de cette ville. Je ne suis point étonnée que vous l'aimiez : c'est la plus belle et la plus aimable dame de Bagdad ; mais, ce qui me chagrine, elle est très-fière et d'un très-difficile accès. Vous savez combien nos gens de justice sont exacts à faire observer les dures lois qui retiennent les femmes dans une contrainte si gênante ;

ils le sont encore davantage à les observer eux-mêmes dans leurs familles ; et le
cadi que vous avez vu est lui seul plus
rigide en cela que tous les autres ensemble.
Comme ils ne font que prêcher à leurs
filles que c'est un grand crime de se montrer aux hommes, elles en sont si forte-
ment prévenues pour la plupart, qu'elles
n'ont des yeux dans les rues que pour se
conduire, lorsque la nécessité les oblige
à sortir. Je ne dis pas absolument que la
fille du premier cadi soit de cette humeur ;
mais cela n'empêche pas que je ne craigne
de trouver d'aussi grands obstacles à vaincre de son côté que de celui du père. Plût
à Dieu que vous aimassiez quelqu'autre
dame ! je n'aurais pas tant de difficultés à
surmonter que j'en prévois. J'y emploierai
néanmoins tout mon savoir faire ; mais il
faudra du temps pour y réussir. Cependant
ne laissez pas de prendre courage, et ayez
de la confiance en moi. »

La vieille me quitta ; et comme je me
représentai vivement tous les obstacles
dont elle venait de me parler, la crainte
que j'eus qu'elle ne réussît pas dans son

entreprise augmenta mon mal. Elle revint le lendemain, et je lus sur son visage qu'elle n'avait rien de favorable à m'annoncer. En effet, elle me dit : « Mon fils, je ne m'étais pas trompée : j'ai à surmonter autre chose que la vigilance d'un père : vous aimez un objet insensible, qui se plaît à faire brûler d'amour pour elle tous ceux qui s'en laissent charmer : elle ne veut pas leur donner le moindre soulagement. Elle m'a écoutée avec plaisir tant que je ne lui ai parlé que du mal qu'elle vous fait souffrir : mais d'abord que j'ai seulement ouvert la bouche pour l'engager à vous permettre de la voir et de l'entretenir, elle m'a dit, en me jetant un regard terrible : « Vous êtes bien hardie de me faire cette « proposition ; je vous défends de me re- « voir jamais, si vous voulez me tenir de « pareils discours. »

« Que cela ne vous afflige pas, pour-suivit la vieille, je ne suis pas aisée à re-buter ; et pourvu que la patience ne vous manque pas, j'espère que je viendrai à bout de mon dessein. »

Pour abréger ma narration, dit le jeune

homme, je vous dirai que cette bonne mes-
sagère fit encore inutilement plusieurs
tentatives en ma faveur auprès de la fière
ennemie de mon repos. Le chagrin que
j'en eus, irrita mon mal à un point, que
les médecins m'abandonnèrent absolument. J'étais donc regardé comme un
homme qui n'attendait que la mort, lorsque la vieille me vint donner la vie.

Afin que personne ne l'entendît, elle
me dit à l'oreille : « Songez au présent que
vous avez à me faire pour la bonne nouvelle que je vous apporte. » Ces paroles
produisirent un effet merveilleux : je me
levai sur mon séant, et lui répondis avec
transport: « Le présent ne vous manquera
pas. Qu'avez-vous à me dire ? » « Mon
cher Seigneur, reprit-elle, vous n'en
mourrez pas, et j'aurai bientôt le plaisir
de vous voir en parfaite santé et fort content de moi. Hier lundi, j'allai chez la
dame que vous aimez, et je la trouvai en
bonne humeur; je pris d'abord un visage
triste, je poussai de profonds soupirs en
abondance, et laissai couler quelques
larmes. « Ma bonne mère, me dit-elle,

« qu'avez-vous ? Pourquoi paraissez-vous
« si affligée? » « Hélas! ma chère et honorable dame, lui répondis-je, je viens de
chez le jeune seigneur de qui je vous par-
lais l'autre jour; c'en est fait, il va perdre
la vie pour l'amour de vous: c'est un grand
dommage, je vous assure, et il y a bien
de la cruauté de votre part.» « Je ne sais,
« répliqua-t-elle, pourquoi vous voulez
« que je sois cause de sa mort. Comment
« puis-je y avoir contribué? » « Comment?
lui repartis-je; eh! ne vous disais-je pas
l'autre jour qu'il était assis devant votre
fenêtre lorsque vous l'ouvrîtes pour arroser
votre vase de fleurs ? Il vit ce prodige de
beauté, ces charmes que votre miroir vous
représente tous les jours ; depuis ce moment il languit, et son mal s'est tellement
augmenté, qu'il est enfin réduit au pi-
toyable état que j'ai eu l'honneur de vous
dire.....»

Scheherazade cessa de parler en cet endroit, parce qu'elle vit paraître le jour. La
nuit suivante, elle poursuivit dans ces
termes l'histoire du jeune boiteux de
Bagdad :

CLXe NUIT.

Sire, la vieille dame continuant de rapporter au jeune homme malade d'amour, l'entretien qu'elle avait eu avec la fille du cadi :

« Vous vous souvenez bien, Madame, ajoutai-je, avec quelle rigueur vous me traitâtes dernièrement, lorsque je voulus vous parler de sa maladie, et vous proposer un moyen de le délivrer du danger où il était : je retournai chez lui après vous avoir quittée ; et il ne connut pas plutôt, en me voyant, que je ne lui apportais pas une réponse favorable, que son mal redoubla. Depuis ce temps-là, Madame, il est prêt à perdre la vie, et je ne sais si vous pourriez la lui sauver, quand vous auriez pitié de lui. »

« Voilà ce que je lui dis, ajouta la vieille. La crainte de votre mort l'ébranla, et je vis son visage changer de couleur. » « Ce « que vous me racontez, dit-elle, est-il bien « vrai ? Et n'est-il effectivement malade

que pour l'amour de moi? » « Ah! Madame
répartis-je, cela n'est que trop véritable!
Plût à Dieu que cela fût faux! » « Et croyez-
« vous, reprit-elle, que l'espérance de me
« voir et de me parler pût contribuer à le
« tirer du péril où il est? » « Peut-être
bien, lui dis-je; et si vous me l'ordonnez,
j'essaierai ce remède. » « Eh bien, répli-
« qua-t-elle en soupirant, faites lui donc
« espérer qu'il me verra; mais il ne faut
« pas qu'il s'attende à d'autres faveurs, à
« moins qu'il n'aspire à m'épouser, et que
« mon père ne consente à notre mariage. »
« Madame, m'écriai-je, vous avez bien de
la bonté : je vais trouver ce jeune seigneur,
et lui annoncer qu'il aura le plaisir de vous
entretenir » « Je ne vois pas un temps plus
« commode à lui faire cette grâce, dit-elle,
« que vendredi prochain, pendant que l'on
« fera la prière de midi. Qu'il observe
« quand mon père sera sorti pour y aller;
« et qu'il vienne aussitôt se présenter de-
« vant la maison, s'il se porte assez bien
« pour cela. Je le verrai arriver par ma
« fenêtre, et je descendrai pour lui ouvrir.
« Nous nous entretiendrons durant le

« temps de la prière, et il se retirera avant
« le retour de mon père. »

Nous sommes au mardi, continua la
vieille : vous pouvez jusqu'à vendredi reprendre vos forces, et vous disposer à
cette entrevue. » A mesure que la bonne
dame parlait, je sentais diminuer mon
mal, ou plutôt je me trouvai guéri à la
fin de son discours.

Prenez, lui dis-je, en lui donnant ma
bourse qui était toute pleine, c'est à vous
seule que je dois ma guérison; je tiens
cet argent mieux employé que celui que
j'ai donné aux médecins, qui n'ont fait
que me tourmenter pendant ma maladie.

La dame m'ayant quitté, je me sentis
assez de force pour me lever. Mes parens, ravis de me voir en si bon état, me
firent des complimens, et se retirèrent
chez eux.

Le vendredi matin, la vieille arriva
dans le temps que je commençais à m'habiller, et que je choisissais l'habit le plus
propre de ma garde-robe. « Je ne vous
demande pas, me dit-elle, comme vous
vous portez : l'occupation où je vous vois

me fait assez connaître ce que je dois penser là-dessus ; mais ne vous baignerez-
vous pas avant que d'aller chez le premier cadi ? » « Cela consumerait trop de
temps, lui répondis-je ; je me contenterai
de faire venir un barbier, et de me faire
raser la tête et la barbe. » Aussitôt j'or-
donnai à un de mes esclaves d'en chercher un qui fût habile dans sa profession,
et fort expéditif.

L'esclave m'amena ce malheureux barbier que vous voyez, qui me dit, après
m'avoir salué : « Seigneur, il me paraît,
à votre visage, que vous ne vous portez
pas bien. » Je lui répondis que je sortais
d'une maladie. « Je souhaite, reprit-il,
que Dieu vous délivre de toutes sortes de
maux, et que sa grâce vous accompagne
toujours. » « J'espère, lui répliquai-je,
qu'il exaucera ce souhait, dont je vous
suis fort obligé. » « Puisque vous sortez
d'une maladie, dit-il, je prie Dieu qu'il
vous conserve la santé. Dites-moi présentement de quoi il s'agit ; j'ai apporté mes
rasoirs et mes lancettes : souhaitez-vous
que je vous rase, ou que je vous tire du

sang ? » « Je viens de vous dire, repris-
je, que je sors de maladie ; et vous devez
bien juger que je ne vous ai fait venir que
pour me raser ; dépêchez-vous, et ne
perdons pas le temps à discourir, car je
suis pressé, et l'on m'attend à midi précisément.....»

Scheherazade se tut en achevant ces
paroles, à cause du jour qui paraissait.
Le lendemain, elle reprit son discours de
cette manière :

CLXIe NUIT.

LE barbier, dit le jeune boiteux de Bagdad, employa beaucoup de temps à dé-
plier sa trousse et à préparer ses rasoirs :
au lieu de mettre de l'eau dans son bassin,
il tira de sa trousse un astrolabe fort propre, sortit de ma chambre, et alla au
milieu de la cour, d'un pas grave, prendre la hauteur du soleil. Il revint avec la
même gravité, et en rentrant : « Vous
serez bien aise, Seigneur, me dit-il, d'apprendre que nous sommes aujourd'hui au

vendredi dix-huitième de la lune de sa-
far, de l'an 653 *, depuis la retraite de
notre grand prophète de la Mecque à
Médine, et de l'an 7320 **, de l'époque
du grand Iskender aux deux cornes, et
que la conjonction de Mars et de Mer-
cure signifie que vous ne pouvez pas choi-
sir un meilleur temps qu'aujourd'ui, à
l'heure qu'il est, pour vous faire raser.
Mais, d'un autre côté, cette même conjonction est d'un mauvais présage pour
vous : elle m'apprend que vous courez en
ce jour un grand danger, non pas véritablement de perdre la vie, mais d'une

---

* Cette année 653 de l'hégire , époque com-
mune à tous les Mahométans, répond à l'an 1255,
depuis la naissance de J.-C. On peut conjecturer
de là que ces contes ont été composés en arabe
vers ce temps.

** Pour ce qui est de l'an 7320, l'auteur s'est
trompé dans cette supposition. L'an 653 de l'hégire, et 1255 de J.-C. ne tombe qu'en l'an 1557
de l'ère, ou époque des Séleucides, la même
que celle d'Alexandre-le-Grand, qui est ici appelé Iskender aux deux cornes, selon l'expres-
sion des Arabes.

incommodité qui vous durera le reste de vos jours. Vous devez m'être obligé de l'avis que je vous donne de prendre garde à ce malheur : je serais fâché qu'il vous arrivât.

Jugez, Seigneur, du dépit que j'eus d'être tombé entre les mains d'un barbier si babillard et si extravagant ! Quel fâcheux contre-temps pour un amant qui se préparait à un rendez-vous ! J'en fus choqué. « Je me mets peu en peine, lui dis-je en colère, de vos avis et de vos prédictions. Je ne vous ai point appelé pour vous consulter sur l'astrologie ; vous êtes venu ici pour me raser, ainsi, rasez-moi, ou vous retirez, que je fasse venir un autre barbier. «

Seigneur, me répondit-il avec un flegme à me faire perdre patience, quel sujet avez-vous de vous mettre en colère ? Savez-vous bien que tous les barbiers ne me ressemblent pas, et que vous n'en trouveriez pas un pareil, quand vous le feriez faire exprès ? Vous n'avez demandé qu'un barbier, et vous avez en ma personne le meilleur barbier de Bagdad, un

médecin expérimenté, un chimiste très-
profond, un astrologue qui ne se trompe
point, un grammairien achevé, un par-
fait rhétoricien, un logicien subtil, un
mathématicien accompli dans la géomé-
trie, dans l'arithmétique, dans l'astronomie et dans tous les raffinemens de l'algè-
bre ; un historien qui sait l'histoire de
tous les royaumes de l'univers. Outre
cela, je possède toutes les parties de la
philosophie ; j'ai dans ma mémoire toutes
nos lois et toutes nos traditions. Je suis
poëte, architecte : mais que ne suis-je
pas ? Il n'y a rien de caché pour moi dans
la nature. Feu monsieur votre père, à
qui je rends un tribut de mes larmes
toutes les fois que je pense à lui, était
bien persuadé de mon mérite ; il me ché-
rissait, me caressait, et ne cessait de me
citer dans toutes les compagnies où il se
trouvait, comme le premier homme du
monde. Je veux, par reconnaissance et
par amitié pour lui, m'attacher à vous,
vous prendre sous ma protection, et vous
garantir de tous les malheurs dont les
astres pourront vous menacer.

A ce discours, malgré ma colère, je ne pus m'empêcher de rire. « Aurez-vous donc bientôt achevé, babillard importun? et voulez-vous commencer à me raser? »

En cet endroit, Scheherazade cessa de poursuivre l'histoire du boiteux de Bagdag, parce qu'elle aperçut le jour ; mais la nuit suivante, elle en reprit ainsi la suite :

CLXIIe NUIT.

LE jeune boiteux continuant son histoire : « Seigneur, me répliqua le barbier, vous me faites une injure en m'appelant babillard : tout le monde, au contraire, me donne l'honorable titre de silencieux. J'avais six frères, que vous auriez pu, avec raison, appeler babillards ; et afin que vous les connaissiez, l'aîné se nommait Bacbouc, le second Bakbarah, le troisième Bakhac, le quatrième Alcouz, le cinquième Alnaschar, et le sixième Schacabac. C'étaient des discoureurs importuns ; mais moi, qui suis leur cadet, je suis grave et concis dans mes discours. »

De grâce, Seigneur, mettez-vous à ma place : quel parti pouvais-je prendre en me voyant si cruellement assassiné ? « Donnez-lui trois pièces d'or, dis-je à celui de mes esclaves qui faisait la dépense de ma maison ; qu'il s'en aille et me laisse en repos : je ne veux plus me faire raser aujourd'hui. » « Seigneur, me dit alors le barbier, qu'entendez-vous, s'il vous plaît, par ce discours? Ce n'est pas moi qui suis venu vous chercher, c'est vous qui m'avez fait venir ; et cela étant ainsi, je jure foi de musulman, que je ne sortirai point de chez vous que je ne vous aie rasé. Si vous ne connaissez pas ce que je vaux, ce n'est pas ma faute. Feu monsieur votre père me rendait plus de justice : toutes les fois qu'il m'envoyait quérir pour lui tirer du sang, il me faisait asseoir auprès de lui ; et alors c'était un charme d'entendre les belles choses dont je l'entretenais. Je le tenais dans une admiration continuelle, je l'enlevais ; et quand j'avais achevé : « Ah! s'écriait-il, « vous êtes une source inépuisable de

« science; personne n'approche de la
« profondeur de votre savoir! » « Mon
« cher Seigneur, lui répondais-je, vous
« me faites plus d'honneur que je ne mé-
« rite. Si je dis quelque chose de beau,
« j'en suis redevable à l'audience favo-
« rable que vous avez la bonté de me
« donner : ce sont vos libéralités qui
« m'inspirèrent toutes ces pensées su-
« blimes qui ont le bonheur de vous
« plaire. » Un jour qu'il était charmé
d'un discours admirable que je venais de
lui faire : « Qu'on lui donne, dit-il, cent
« pièces d'or, et qu'on le revêtisse d'une
« de mes plus riches robes. » Je reçus ce
présent sur-le-champ : aussitôt je tirai son
horoscope, et je le trouvai le plus heureux du monde. Je poussai même encore
plus loin la reconnaissance, car je lui
tirai du sang avec les ventouses. »

Le barbier n'en demeura pas là, il enfila un autre discours qui dura une grosse
demi-heure. Fatigué de l'entendre, et chagrin de voir que le temps s'écoulait sans
que j'en fusse plus avancé, je ne savais
plus que lui dire. « Non, m'écriai-je, il

n'est pas possible qu'il y ait au monde un
autre homme qui se fasse comme vous un
plaisir de faire enrager les gens!.... »

La clarté du jour, qui se faisait voir
dans l'appartement de Schahriar, obligea
Scheherazade à s'arrêter en cet endroit.
Le lendemain elle continua son récit de
cette manière :

CLXIIIᵉ NUIT.

Je crus, dit le jeune boiteux de Bagdad,
que je réussirais mieux en prenant le barbier par la douceur. « Au nom de Dieu,
lui dis-je, laissez-là tous vos beaux discours, et m'expédiez promptement : une
affaire de la dernière importance m'appelle hors de chez moi, comme je vous
l'ai déjà dit. » A ces mots, il se mit à rire.
« Ce serait une chose bien louable, dit-il,
si notre esprit demeurait toujours dans
la même situation, si nous étions toujours
sages et prudens : je veux croire néanmoins que si vous vous êtes mis en colère
contre moi, c'est votre maladie qui a

causé ce changement dans votre humeur ;
c'est pourquoi vous avez besoin de quelques instructions , et vous ne pouvez
mieux faire que de suivre l'exemple de
votre père et de votre aïeul : ils venaient
me consulter dans toutes leurs affaires ;
et je puis dire , sans vanité , qu'ils se
louaient fort de mes conseils. Voyez-
vous , Seigneur , on ne réussit presque
jamais dans ce qu'on entreprend , si l'on
n'a recours aux avis des personnes éclai-
rées. On ne devient point habile homme,
dit le proverbe, qu'on ne prenne conseil
d'un habile homme. Je vous suis tout acquis, et vous n'avez qu'à me commander. »

« Je ne puis donc gagner sur vous, in-
terrompis-je, que vous abandonniez tous
ces longs discours qui n'aboutissent à rien
qu'à me rompre la tête et qu'à m'empêcher de me trouver où j'ai affaire ! rasez-
moi donc, ou retirez-vous. » En disant
cela, je me levai de dépit en frappant du
pied contre terre.

Quand il vit que j'étais fâché tout de
bon : « Seigneur, me dit-il, ne vous fâ-
chez pas, nous allons commencer. » Ef-

fectivement, il me lava la tête, et se mit
à me raser ; mais il ne m'eut pas donné
quatre coups de rasoir, qu'il s'arrêta pour
me dire : « Seigneur, vous êtes prompt ;
vous devriez vous abstenir de ces empor-
temens qui ne viennent que du démon.
Je mérite d'ailleurs que vous ayez de la
considération pour moi, à cause de mon
âge, de ma science et de mes vertus écla-
tantes.... »

« Continuez de me raser, lui dis-je en
l'interrompant encore, et ne parlez plus. »

« C'est-à-dire, reprit-il, que vous avez
quelque affaire qui vous presse. Je vais
parier que je ne me trompe pas. » « Hé !
il y a deux heures, lui repartis-je, que je
vous le dis ; vous devriez déjà m'avoir
rasé. » « Modérez votre ardeur, répliqua-
t-il, vous n'avez peut-être pas bien pensé
à ce que vous allez faire : quand on fait
les choses avec précipitation, on s'en re-
pend presque toujours. Je voudrais que
vous me disiez quelle est cette affaire qui
vous presse si fort, je vous en dirais mon
sentiment. Vous avez du temps de reste,
puisque l'on ne vous attend qu'à midi, et

qu'il ne sera midi que dans trois heures. »
« Je ne m'arrête point à cela, lui dis-je :
les gens d'honneur et de parole prévien-
nent le temps qu'on leur a donné ; mais
je ne m'aperçois pas qu'en m'amusant à
raisonner avec vous, je tombe dans les
défauts des barbiers babillards : achevez
vite de me raser. »

Plus je témoignais d'empressement, et
moins il en avait à m'obéir. Il quitta son
rasoir pour prendre son astrolabe ; puis
laissant son astrolabe, il reprit son rasoir....

Scheherazade voyant paraître le jour,
garda le silence. La nuit suivante, elle
poursuivit ainsi l'histoire commencée :

~~~~~~~~~~~~~~~~~~~~~~~~~~~~~~~~~~~~~

CLXIVᵉ NUIT.

Le barbier, continua le jeune boiteux,
quitta encore son rasoir, prit une seconde
fois son astrolabe ; et me laissa à demi
rasé pour aller voir quelle heure il était
précisément. Il revint. « Seigneur, me
dit-il, je savais bien que je ne me trom-

pais pas ; il y a encore trois heures jusqu'à midi, j'en suis assuré, ou toutes les
règles de l'astronomie sont fausses. »
« Juste Ciel, m'écriai-je, ma patience est
à bout ! Je n'y puis plus tenir. Maudit
barbier ! barbier de malheur ! peu s'en
faut que je ne me jette sur toi, et que je
ne t'étrangle ! » « Doucement, Monsieur,
me dit-il d'un air froid, sans s'émouvoir
de mon emportement, vous ne craignez
donc pas de retomber malade ? Ne vous
emportez pas, vous allez être servi dans
un moment. » En disant ces paroles, il
remit son astrolabe dans sa trousse, reprit son rasoir, qu'il repassa sur le cuir
qu'il avait attaché à sa ceinture, et re-
commença de me raser ; mais en me ra-
sant, il ne put s'empêcher de parler. « Si
vous vouliez, Seigneur, me dit-il, m'apprendre quelle est cette affaire que vous
avez à midi, je vous donnerais quelque
conseil dont vous pourriez vous trouver
bien. » Pour le contenter, je lui dis que
des amis m'attendaient à midi pour me
régaler et se réjouir avec moi du retour
de ma santé.

Quand le barbier entendit parler de régal : « Dieu vous bénisse en ce jour comme en tous les autres ! s'écria-t-il ; vous me faites souvenir que j'invitai hier quatre ou cinq amis à venir manger aujourd'hui chez moi ; je l'avais oublié, et je n'ai encore fait aucun préparatif. » « Que cela ne vous embarrasse pas, lui dis-je, quoique j'aille manger dehors, mon garde-manger ne laisse pas d'être toujours bien garni ; je vous fais présent de tout ce qui s'y trouvera : je vous ferai même donner du vin tant que vous en voudrez, car j'en ai d'excellent dans ma cave ; mais il faut que vous acheviez promptement de me raser ; et souvenez-vous qu'au lieu que mon père vous faisait des présens pour vous entendre parler, je vous en fais, moi, pour vous taire. »

Il ne se contenta pas de la parole que je lui donnais. « Dieu vous récompense, s'écria-t-il, de la grâce que vous me faites ! mais montrez-moi tout à l'heure ces provisions, afin que je voie s'il y aura de quoi bien régaler mes amis : je veux qu'ils soient contens de la bonne chère que je

leur ferai. » « J'ai, lui dis-je, un agneau,
six chapons, une douzaine de poulets, et
de quoi faire quatre entrées. » Je donnai
ordre à un esclave d'apporter tout cela
sur-le-champ avec quatre grandes cru-
ches de vin. « Voilà qui est bien, reprit
le barbier ; mais il faudrait des fruits et
de quoi assaisonner la viande. » Je lui fis
encore donner ce qu'il demandait. Il cessa
de me raser pour examiner chaque chose
l'une après l'autre ; et comme cet examen
dura près d'une demi-heure, je pestais,
j'enrageais ; mais j'avais beau pester et
enrager, le bourreau ne s'en pressait pas
davantage. Il reprit pourtant le rasoir,
et me rasa quelques momens, puis s'ar-
rêtant tout-à-coup : « Je n'aurais jamais
cru, Seigneur, me dit-il, que vous fussiez
si libéral ; je commence à connaître que
feu votre père revit en vous. Certes, je
ne méritais pas les grâces dont vous me
comblez, et je vous assure que j'en con-
serverai une éternelle reconnaissance ;
car, Seigneur, afin que vous le sachiez,
je n'ai rien que ce qui me vient de la générosité des honnêtes gens comme vous :

en quoi je ressemble à Zantout, qui frotte
le monde au bain; à Sali, qui vend des
pois chiches grillés par les rues; à Salouz,
qui vend des fèves; à Akerscha, qui vend
des herbes; à Abou-Mekarès, qui arrose
les rues pour abattre la poussière, et à
Cassem de la garde du calife ; tous ces
gens-là n'engendrent point de mélancolie;
ils ne sont ni fâcheux ni querelleurs ; plus
contens de leur sort que le calife au milieu de toute sa Cour, ils sont toujours
gais, prêts à chanter et à danser, et ils
ont chacun leur chanson et leur danse
particulière, dont ils divertissent la ville
de Bagdad; mais ce que j'estime le plus
en eux, c'est qu'ils ne sont pas grands
parleurs, non plus que votre esclave qui
a l'honneur de vous parler. Tenez, Seigneur, voici la chanson et la danse de
Zantout, qui frotte le monde au bain;
regardez-moi, et voyez si je sais bien
l'imiter..... »

Scheherazade n'en dit pas davantage,
parce qu'elle remarqua qu'il était jour.
Le lendemain, elle poursuivit sa narration dans ces termes:

CLXV^e NUIT.

LE barbier chanta la chanson et dansa la danse de Zantout, continua le jeune boi-teux ; et quoique je pusse dire pour l'obli-ger à finir ses bouffonneries, il ne cessa pas qu'il n'eût contrefait de même tous ceux qu'il avait nommés. Après cela, s'adressant à moi : « Seigneur, me dit-il, je vais faire venir chez moi tous ces hon-nêtes gens ; si vous m'en croyez, vous serez des nôtres, et vous laisserez là vos amis, qui sont peut-être de grands par-leurs, qui ne feront que vous étourdir par leurs ennuyeux discours, et vous faire retomber dans une maladie pire que celle dont vous sortez ; au lieu que chez moi vous n'aurez que du plaisir.

Malgré ma colère, je ne pus m'empê-cher de rire de ses folies. « Je voudrais, lui dis-je, n'avoir pas affaire, j'accepterais la proposition que vous me faites ; j'irais de bon cœur me réjouir avec vous ; mais je vous prie de m'en dispenser, je suis trop

engagé aujourd'hui; je serai plus libre un
autre jour, et nous ferons cette partie.
Achevez de me raser, et hâtez-vous de
vous en retourner : vos amis sont déjà
peut-être dans votre maison. » « Seigneur,
reprit-il, ne me refusez pas la grâce que
je vous demande : venez vous réjouir avec
la bonne compagnie que je dois avoir. Si
vous vous étiez trouvé une fois avec ces
gens là, vous en seriez si content, que
vous renonceriez pour eux à vos amis. »
« Ne parlons plus de cela, lui répondis-
je, je ne puis être de votre festin. »

Je ne gagnai rien par la douceur. « Puisque vous ne voulez pas venir chez moi,
répliqua le barbier, il faut donc que vous
trouviez bon que j'aille avec vous. Je vais
porter chez moi ce que vous m'avez donné;
mes amis mangeront, si bon leur semble :
je reviendrai aussitôt. Je ne veux pas
commettre l'incivilité de vous laisser aller
seul : vous méritez bien que j'aie pour
vous cette complaisance. » « Ciel, m'é-
criai-je alors, je ne pourrai donc pas me
délivrer aujourd'hui d'un homme si fâcheux! Au nom du grand Dieu vivant,

lui dis-je, finissez vos discours importuns !
Allez trouver vos amis : buvez, mangez,
réjouissez-vous, et laissez-moi la liberté
d'aller avec les miens. Je veux partir seul,
je n'ai pas besoin que personne m'accompagne. Aussi bien, il faut que je vous
l'avoue, le lieu où je vais n'est pas un lieu
où vous puissiez être reçu; on n'y veut
que moi. » « Vous vous moquez, Seigneur, repartit-il : si vos amis vous ont
convié à un festin, quelle raison peut
vous empêcher de me permettre de vous
accompagner? Vous leur ferez plaisir,
j'en suis sûr, de leur mener un homme
qui a comme moi le mot pour rire, et qui
sait divertir agréablement une compagnie. Quoique vous me puissiez dire, la
chose est résolue, je vous accompagnerai
malgré vous.

Ces paroles, Seigneurs, me jetèrent
dans un grand embarras. « Comment me
déferai-je de ce maudit barbier ? disais-je
en moi-même. Si je m'obstine à le contre-
dire, nous ne finirons point notre contestation. » D'ailleurs, j'entendais qu'on
appelait déjà pour la première fois à la

prière de midi, et qu'il était temps de partir; ainsi je pris le parti de ne dire mot, et de faire semblant de consentir qu'il vînt avec moi. Alors il acheva de me raser; et cela étant fait, je lui dis : « Prenez quelques-uns de mes gens pour emporter avec vous ces provisions, et revenez, je vous attends; je ne partirai pas sans vous. »

Il sortit enfin, et j'achevai promptement de m'habiller. J'entendis appeler à la prière pour la dernière fois : je me hâtai de me mettre en chemin; mais le malicieux barbier, qui avait jugé de mon intention, s'était contenté d'aller avec mes gens jusqu'à la vue de sa maison, et de les voir entrer chez lui. Il s'était caché à un coin de la rue pour m'observer et me suivre. En effet, quand je fus arrivé à la porte du cadi, je me retournai et l'aperçus à l'entrée de la rue : j'en eus un chagrin mortel.

La porte du cadi était à demi ouverte; et en entrant, je vis la vieille dame qui m'attendait, et qui, après avoir fermé la porte, me conduisit à la chambre de la

jeune dame dont j'étais amoureux. Mais
à peine commençais-je à l'entretenir, que
nous entendîmes du bruit dans la rue. La
jeune dame mit la tête à la fenêtre, et vit,
au travers de la jalousie, que c'était le
cadi son père qui revenait de la prière.
Je regardai aussi en même temps, et
j'aperçus le barbier assis vis-à-vis, au
même endroit d'où j'avais vu la jeune
dame.

J'eus alors deux sujets de crainte : l'arrivée du cadi, et la présence du barbier.
La jeune dame me rassura sur le premier,
en me disant que son père ne montait à sa
chambre que très-rarement, et que, comme
elle avait prévu que ce contre-temps pourrait arriver, elle avait songé au moyen de
me faire sortir sûrement : mais l'indiscré-
tion du malheureux barbier me causait
une grande inquiétude; et vous allez voir
que cette inquiétude n'était pas sans fondement.

Dès que le cadi fut rentré chez lui, il
donna lui-même la bastonnade à un esclave qui l'avait méritée. L'esclave poussait de grands cris qu'on entendit de la

rue. Le barbier crut que c'était moi qui
criais et qu'on maltraitait. Prévenu de
cette pensée, il fait des cris épouvanta-
bles, déchire ses habits, jette de la poussière sur sa tête, appelle au secours tout
le voisinage, qui vient à lui aussitôt. On
lui demande ce qu'il a, et quel secours
on peut lui donner. « Hélas ! s'écrie-t-il,
on assassine mon maître, mon cher pa-
tron ! » Et sans rien dire davantage, il
court jusque chez moi, en criant toujours
de même, et revient suivi de tous mes
domestiques armés de bâtons. Ils frap-
pent avec une fureur qui n'est pas convenable, à la porte du cadi, qui envoya un
esclave pour voir ce que c'était; mais
l'esclave, tout effrayé, retourne vers son
maître : « Seigneur, dit-il, plus de dix
mille hommes veulent entrer chez vous
par force, et commencent à enfoncer la
porte. »

Le cadi courut aussitôt lui-même ouvrir la porte, et demanda ce qu'on lui
voulait. Sa présence vénérable ne put ins-
pirer du respect à mes gens, qui lui dirent insolemment : « Maudit cadi, chien

de cadi, quel sujet avez-vous d'assassiner notre maître ? Que vous a-t-il fait ? » « Bonnes gens, leur répondit le cadi, pourquoi aurais-je assassiné votre maître que je ne connais pas, et qui ne m'a point offensé ? Voilà ma maison ouverte : entrez, voyez, cherchez. » « Vous lui avez donné la bastonnade, dit le barbier ; j'ai entendu ses cris il n'y a qu'un moment. » « Mais encore, répliqua le cadi, quelle offense m'a pu faire votre maître pour m'avoir obligé à le maltraiter comme vous le dites ? Est-ce qu'il est dans ma maison ? Et s'il y est, comment y est-il entré, ou qui peut l'y avoir introduit ? » « Vous ne m'en ferez point accroire avec votre grande barbe, méchant cadi, repartit le barbier, je sais bien ce que je dis. Votre fille aime notre maître, et lui a donné rendez-vous dans votre maison pendant la prière du midi. Vous en avez sans doute été averti ; vous êtes revenu chez vous, vous l'y avez surpris, et lui avez fait donner la bastonnade par vos esclaves ; mais vous n'aurez pas fait cette méchante action impunément : le calife en sera informé, et en fera bonne et briève, justice. Laissez-le sortir, et nous le rendez tout à l'heure, sinon nous allons entrer, et vous l'arracher, à votre honte. » « Il n'est pas besoin de tant parler, reprit le cadi, ni de faire un si grand éclat ; si ce que vous dites est vrai, vous n'avez qu'à entrer le chercher, je vous en donne la permission. » Le cadi n'eut pas achevé ces mots, que le barbier, et mes gens se jetèrent dans la maison comme des furieux, et se mirent à me chercher partout.... »

Scheherazade, en cet endroit, ayant aperçu le jour, cessa de parler. Schahriar se leva en riant du zèle indiscret du barbier, et fort curieux de savoir ce qui s'était passé dans la maison du cadi, et par quel accident le jeune homme pouvait être devenu boiteux. La sultane satisfit sa curiosité le lendemain ; et reprit la parole dans ces termes :

~~~~~~

CLXVIe NUIT.

LE tailleur continua de raconter au sultan de Casgar l'histoire qu'il avait commencée.

Sire, dit-il, le jeune boiteux poursuivit ainsi :

Comme j'avais entendu tout ce que le barbier avait dit au cadi, je cherchai un endroit pour me cacher. Je n'en trouvai point d'autre qu'un grand coffre vide, où je me jetai, et que je fermai sur moi. Le barbier, après avoir fureté partout, ne manqua pas de venir dans la chambre où j'étais. Il s'approcha du coffre, l'ouvrit, et dès qu'il m'eut aperçu, le prit, le chargea sur sa tête et l'emporta ; il descendit d'un escalier assez haut dans une cour qu'il traversa promptement, et enfin il gagna la porte de la rue. Pendant qu'il me portait, le coffre vint à s'ouvrir par malheur, et alors ne pouvant souffrir la honte d'être exposé aux regards et aux huées de la populace qui nous suivait, je me lançai dans

la rue avec tant de précipitation, que je me
blessai à la jambe, de manière que je suis
demeuré boiteux depuis ce temps-là. Je ne
sentis pas d'abord tout mon mal, et ne
laissai pas de me relever pour me dérober
à la risée du peuple par une prompte
fuite. Je lui jetai même des poignées d'or
et d'argent dont ma bourse était pleine ;
et tandis qu'il s'occupait à les ramasser,
je m'échappai en filant des rues détournées.
Mais le maudit barbier, profitant de la
ruse dont je m'étais servi pour me débar-
rasser de la foule, me suivit sans me perdre
de vue, en me criant de toute sa force :
« Arrêtez, Seigneur ! pourquoi courez-vous
si vite ? Si vous saviez combien j'ai été affligé du mauvais traitement que le cadi
vous a fait, à vous qui êtes si généreux,
et à qui nous avons tant d'obligations, mes
amis et moi ! Ne vous l'avais-je pas bien dit
que vous exposiez votre vie par votre obstination à ne vouloir pas que je vous ac-
compagnasse ? Voilà ce qui vous est arrivé
par votre faute ; et si de mon côté je ne
m'étais pas obstiné à vous suivre pour voir
où vous alliez, que seriez-vous devenu ? Où

allez-vous donc, Seigneur? Attendez-
moi. »

« C'est ainsi que le malheureux barbier
parlait tout haut dans la rue. Il ne se con-
tentait pas d'avoir causé un si grand scan-
dale dans le quartier du cadi, il voulait
encore que toute la ville en eût connaissance. Dans la rage où j'étais, j'avais envie
de l'attendre pour l'étrangler; mais je n'aurais fait par-là que rendre ma confusion
plus éclatante. Je pris un autre parti:
comme je m'aperçus que sa voix me livrait
en spectacle à une infinité de gens qui paraissaient aux portes ou aux fenêtres, ou
qui s'arrêtaient dans les rues pour me regarder, j'entrai dans un khan dont le con-
cierge m'était connu. Je le trouvai à la
porte, où le bruit l'avait attiré. « Au nom
de Dieu, lui dis-je, faites-moi la grâce
d'empêcher que ce furieux n'entre ici après
moi.» Il me le promit et me tint parole; mais
ce ne fut pas sans peine : car l'obstiné barbier voulait entrer malgré lui, et ne se retira qu'après lui avoir dit mille injures; et
jusqu'à ce qu'il fût rentré dans sa maison,
il ne cessa d'exagérer à tous ceux qu'il ren-

contrait le grand service qu'il prétendait
m'avoir rendu.

Voilà comme je me délivrai d'un homme
si fatigant. Après cela, le conciérge me
pria de lui apprendre mon aventure. Je la
lui racontai. Ensuite je le priai, à mon tour,
de me prêter un appartement jusqu'à ce
que je fusse guéri. » Seigneur, me dit-il,
ne seriez-vous pas plus commodément chez
vous ? » « Je ne veux point y retourner,
lui répondis-je : ce détestable barbier ne
manquerait pas de m'y venir trouver ; j'en
serais tous les jours obsédé, et je mourrais
à la fin de chagrin de l'avoir incessamment
devant les yeux. D'ailleurs, après ce qui
m'est arrivé aujourd'hui , je ne puis me résoudre à demeurer davantage en cette
ville. Je prétends aller où ma mauvaise
fortune me voudra conduire. » Effectivement, dès que je fus guéri, je pris tout
l'argent dont je crus avoir besoin pour
voyager , et du reste de mon bien j'en fis
une donation à mes parens.

Je partis donc de Bagdad, Seigneurs,
et je suis venu jusqu'ici. J'avais lieu d'espérer que je ne rencontrerais point ce per-

nicieux barbier dans un pays si éloigné du mien ; et cependant je le trouve parmi vous. Ne soyez donc pas surpris de l'empressement que j'ai à me retirer. Vous jugez bien de la peine que me doit faire la vue d'un homme qui est cause que je suis boiteux, et réduit à la triste nécessité de vivre éloigné de mes parens, de mes amis et de ma patrie. En achevant ces paroles, le jeune boiteux se leva et sortit. Le maître de la maison le conduisit jusqu'à la porte, en lui témoignant le déplaisir qu'il avait de lui avoir donné, quoique innocemment, un si grand sujet de mortification.

Quand le jeune homme fut parti, continua le tailleur, nous demeurâmes tous fort étonnés de son histoire. Nous jetâmes les yeux sur le barbier, et dîmes qu'il avait tort, si ce que nous venions d'entendre était véritable. « Messieurs, nous répondit-il en levant la tête, qu'il avait toujours tenue baissée jusqu'alors, le silence que j'ai gardé pendant que ce jeune homme vous a entretenus, vous doit être un témoignage qu'il ne nous a rien avancé dont je ne demeure d'accord. Mais quoi qu'il vous ait pu dire, je soutiens que j'ai dû faire ce que j'ai fait ; je vous en rends juges vous-mêmes. Ne s'était-il pas jeté dans le péril? et sans mon secours, en serait-il sorti si heureusement ? Il est bienheureux d'en être quitte pour une jambe incommodée. Ne me suis-je pas exposé à un plus grand danger pour le tirer d'une maison où je m'imaginais qu'on le maltraitait ? A-t-il raison de se plaindre de moi, et de me dire des injures si atroces ? Voilà ce que l'on gagne à servir des gens ingrats. Il m'accuse d'être un babillard ; c'est une pure calomnie : de sept frères que nous étions, je suis celui qui parle le moins, et qui ai le plus d'esprit en partage. Pour vous en faire convenir, Seigneurs, je n'ai qu'à vous conter mon histoire et la leur. Honorez-moi, je vous prie, de votre attention.

HISTOIRE DU BARBIER.

Sous le règne du calife Monstanser Billah, prince si fameux par ses immenses libéralités envers les pauvres, dix voleurs

obsédaient les chemins des environs de
Bagdad, et faisaient depuis long-temps des
vols et des cruautés inouïs. Le calife,
averti d'un si grand désordre, fit venir le
juge de police quelques jours avant la fête
du baïram, et lui ordonna, sous peine de
la vie, de les lui amener tous dix.....

Scheherazade cessa de parler en cet endroit, pour avertir le sultan des Indes que
le jour commençait à paraître. Ce prince
se leva, et la nuit suivante, la Sultane
reprit son discours de cette manière :

~~~~~~

CLXVIIe NUIT.

LE juge de police, continua le barbier,
fit ses diligences et mit tant de monde en
campagne, que les dix voleurs furent pris
le propre jour du baïram. Je me prome-
nais alors sur le bord du Tigre ; je vis dix
hommes assez richement habillés, qui
s'embarquaient dans un bateau. J'aurais
connu que c'étaient des voleurs, pour peu
que j'eusse fait attention aux gardes qui
les accompagnaient ; mais je ne regardai

qu'eux ; et prévenu que c'étaient des gens
qui allaient se réjouir et passer la fête en
festin, j'entrai dans le bateau pêle-mêle
avec eux sans dire mot, dans l'espérance
qu'ils voudraient bien me souffrir dans
leur compagnie. Nous descendîmes le Tigre, et l'on nous fit aborder devant le palais du calife. J'eus le temps de rentrer en
moi-même, et de m'apercevoir que j'avais
mal jugé d'eux. Au sortir du bateau, nous
fûmes environnés d'une nouvelle troupe
de gardes du juge de police, qui nous
lièrent et nous menèrent devant le calife.
Je me laissai lier comme les autres sans
rien dire : que m'eût-il servi de parler et
de faire quelque résistance? C'eût été le
moyen de me faire maltraiter par les gardes, qui ne m'auraient pas écouté ; car ce
sont des brutaux qui n'entendent point
raison. J'étais avec des voleurs ; c'était
assez pour leur faire croire que j'en devais
être un.

Dès que nous fûmes devant le calife,
il ordonna le châtiment de ces dix scélérats. « Qu'on coupe, dit-il, la tête à ces
dix voleurs. » Aussitôt le bourreau nous

rangea sur une file à la portée de sa main,
et par bonheur je me trouvai le dernier.
Il coupa la tête aux dix voleurs, en com-
mençant par le premier ; et quand il vint
à moi, il s'arrêta. Le calife voyant que le
bourreau ne me frappait pas, se mit en
colère : « Ne t'ai-je pas commandé, lui
dit-il, de couper la tête à dix voleurs ?
Pourquoi ne la coupes-tu qu'à neuf ? »
« Commandeur des croyans, répondit le
bourreau, Dieu me garde de n'avoir pas
exécuté l'ordre de Votre Majesté ! voilà
dix corps par terre, et autant de têtes
que j'ai coupées ; elle peut les faire compter. » Lorsque le calife eut vu lui-même
que le bourreau disait vrai, il me regarda
avec étonnement ; et ne me trouvant pas
la physionomie d'un voleur : « Bon vieillard, me dit-il, par quelle aventure vous
trouvez-vous mêlé avec des misérables qui
ont mérité mille morts ? Je lui répondis :
« Commandeur des croyans, je vais vous
faire un aveu véritable. J'ai vu ce matin
entrer dans un bateau ces dix personnes,
dont le châtiment vient de faire éclater la
justice de Votre Majesté ; je me suis em-

barqué avec eux, persuadé que c'étaient
des gens qui allaient se régaler ensemble,
pour célébrer ce jour, qui est le plus célèbre de notre religion »

Le calife ne put s'empêcher de rire de
mon aventure; et tout au contraire de ce
jeune boiteux qui me traite de babillard,
il admira ma discrétion et ma contenance
à garder le silence. « Commandeur des
croyans, lui dis-je, que Votre Majesté ne
s'étonne pas si je me suis tu dans une occasion qui aurait excité la démangeaison
de parler à un autre. Je fais une profession particulière de me taire; et c'est par
cette vertu que je me suis acquis le titre
glorieux de silencieux. C'est ainsi qu'on
m'appelle pour me distinguer de six frères
que j'eus. C'est le fruit que j'ai tiré de ma
philosophie; enfin cette vertu fait toute
ma gloire et mon bonheur. »

J'ai bien de la joie, me dit le calife en
souriant, qu'on vous ait donné un titre
dont vous faites un si bel usage. Mais apprenez-moi quelle sorte de gens étaient
vos frères; vous ressembliaient-ils ? » « En
aucune manière, lui repartis-je; ils étaient

tous plus babillards les uns que les autres ;
et quant à la figure, il y avait encore
grande différence entre eux et moi : le
premier était bossu ; le second, brèche-
dent ; le troisième, borgne ; le quatrième,
aveugle ; le cinquième avait les oreilles
coupées ; et le sixième, les lèvres fendues.
Il leur est arrivé des aventures qui vous
feraient juger de leurs caractères, si j'a-
vais l'honneur de les raconter à Votre
Majesté. » Comme il me parut que le calife ne demandait pas mieux que de les
entendre, je poursuivis sans attendre
son ordre :

HISTOIRE

DU PREMIER FRÈRE DU BARBIER.

Sire, lui dis-je, mon frère aîné, qui
s'appelait Bacbouc le bossu, était tailleur
de profession. Au sortir de son apprentis-
sage, il loua une boutique vis-à-vis d'un
moulin ; et comme il n'avait point encore
fait de pratiques, il avait bien de la peine
à vivre de son travail. Le meunier, au con-

traire, était fort à son aise, et possédait
une très-belle femme. Un jour, mon frère,
en travaillant dans sa boutique, leva la
tête, et aperçut à une fenêtre du moulin
la meunière qui regardait dans la rue. Il
la trouva si belle, qu'il en fut enchanté.
Pour la meunière, elle ne fit nulle attention à lui; elle ferma sa fenêtre, et ne parut plus de tout le jour. Cependant le
pauvre tailleur ne fit autre chose que lever les yeux vers le moulin en travaillant.
Il se piqua les doigts plus d'une fois, et
son travail de ce jour-là ne fut pas trop
régulier. Sur le soir, lorsqu'il fallut fermer sa boutique, il eut de la peine à s'y
résoudre, parce qu'il espérait toujours
que la meunière se ferait voir encore;
mais enfin il fut obligé de la fermer et de
se retirer à sa petite maison, où il passa
une fort mauvaise nuit. Il est vrai qu'il
s'en leva plus matin, et qu'impatient de
revoir sa maîtresse, il vola vers sa boutique. Il ne fut pas plus heureux que le jour
précédent : la meunière ne parut qu'un
moment de toute la journée; mais ce moment acheva de le rendre le plus amou-

reux de tous les hommes. Le troisième
jour, il eut sujet d'être plus content que
les deux autres. La meunière jeta les yeux
sur lui par hasard, et le surprit dans une
attention à la considérer, qui lui fit connaître ce qui se passait dans son cœur.....
Le jour, qui paraissait, obligea Scheherazade d'interrompre son récit en cet endroit. Elle en reprit le fil la nuit suivante,
et dit au sultan des Indes :

CLXVIIIᵉ NUIT.

SIRE, le barbier continuant l'histoire de
son frère aîné :

Commandeur des croyans, poursuivit-il en parlant toujours au calife Mons-
-tanser Billah, vous saurez que la meunière n'eut pas plutôt pénétré les sentimens de mon frère, qu'au lieu de s'en
fâcher, elle résolut de s'en divertir. Elle
le regarda d'un air riant, mon frère la
regarda de même ; mais d'une manière si
plaisante, que la meunière referma la fenêtre au plus vite, de peur de faire un

4.   6

éclat de rire qui fit connaître à mon frère
qu'elle le trouvait ridicule. L'innocent
Bacbouc interpréta cette action à son
avantage, et ne manqua pas de se flatter
qu'on l'avait vu avec plaisir.

La meunière prit donc la résolution
de se réjouir de mon frère. Elle avait une
pièce d'une assez belle étoffe dont il y
avait déjà long-temps qu'elle voulait se
faire un habit. Elle l'enveloppa dans un
beau mouchoir de broderie de soie, et la
lui envoya par une jeune esclave qu'elle
avait. L'esclave, bien instruite, vint à la
boutique du tailleur : « Ma maîtresse
vous salue, lui dit-elle, et vous prie de lui
faire un habit de la pièce d'étoffe que je
vous apporte, sur le modèle de celui
qu'elle vous envoie en même temps; elle
change souvent d'habit, et c'est une pra-
tique dont vous serez très-content. » Mon
frère ne douta plus que la meunière ne
fût amoureuse de lui. Il crut qu'elle ne
lui envoyait du travail, immédiatement
après ce qui s'était passé entre elle et lui,
qu'afin de lui marquer qu'elle avait lu
dans le fond de son cœur, et de l'assurer

du progrès qu'il avait fait dans le sien.
Prévenu de cette bonne opinion, il chargea l'esclave de dire à sa maîtresse qu'il
allait tout quitter pour elle, et que l'habit serait prêt pour le lendemain matin.
En effet, il y travailla avec tant de diligence, qu'il l'acheva le même jour.

Le lendemain, la jeune esclave vint
voir si l'habit était fait. Bacbouc le lui
donna bien plié, en lui disant : « J'ai trop
d'intérêt de contenter votre maîtresse,
pour avoir négligé son habit ; je veux
l'engager, par ma diligence, à ne se servir
désormais que de moi. » La jeune esclave
fit quelques pas pour s'en aller ; puis se
retournant, elle dit tout bas à mon frère :
« A propos, j'oubliais de m'acquitter
d'une commission qu'on m'a donnée : ma
maîtresse m'a chargée de vous faire ses
complimens, et de vous demander comment vous avez passé la nuit ; pour elle,
la pauvre femme, elle vous aime si fort,
qu'elle n'en a pas dormi. » « Dites-lui,
répondit avec transport mon benêt de
frère, que j'ai pour elle une passion si violente, qu'il y a quatre nuits que je n'ai

fermé l'œil! » Après ce compliment de
la part de la meunière, il crut devoir
se flatter qu'elle ne le laisserait pas lan-
guir dans l'attente de ses faveurs.

Il n'y avait pas un quart d'heure que
l'esclave avait quitté mon frère, lorsqu'il
la vit revenir avec une pièce de satin.
« Ma maîtresse, lui dit-elle, est très-sa-
tisfaite de son habit, il lui va le mieux du
monde; mais comme il est très-beau, et
qu'elle ne le veut porter qu'avec un caleçon neuf, elle vous prie de lui en faire
un au plus tôt de cette pièce de satin. »
« Cela suffit, répondit Bacbouc, il sera
fait aujourd'hui avant que je sorte de ma
boutique; vous n'avez qu'à le venir prendre sur la fin du jour. » La meunière se
montra souvent à sa fenêtre, et prodigua
ses charmes à mon frère pour lui donner
du courage. Il faisait beau le voir travailler. Le caleçon fut bientôt fait. L'esclave
le vint prendre; mais elle n'apporta au
tailleur ni l'argent qu'il avait déboursé
pour les accompagnemens de l'habit et
du caleçon, ni de quoi lui payer la façon
de l'un et de l'autre. Cependant ce mal-

heureux amant qu'on amusait, et qui ne
s'en apercevait pas, n'avait rien mangé
de tout ce jour-là, et fut obligé d'emprunter quelques pièces de monnaie pour
acheter de quoi souper. Le jour suivant,
dès qu'il fut arrivé à sa boutique, la jeune
esclave vint lui dire que le meunier souhaitait de lui parler. « Ma maîtresse, ajouta-t-elle, lui a dit tant de bien de vous en
lui montrant votre ouvrage, qu'il veut
aussi que vous travailliez pour lui. Elle
l'a fait exprès, afin que la liaison qu'elle
veut former entre lui et vous, serve à faire
réussir ce que vous désirez également l'un
et l'autre. Mon frère se laissa persuader,
et alla au moulin avec l'esclave. Le meunier le reçut fort bien, et lui présentant
une pièce de toile : « J'ai besoin de chemises, lui dit-il, voilà de la toile; je voudrais bien que vous m'en fissiez vingt; s'il
y a du reste, vous me le rendrez..... »

Schéhérazade, frappée tout à coup par
la clarté du jour, qui commençait à éclairer
l'appartement de Schahriar, se tut en
achevant ces dernières paroles. La nuit

suivante, elle poursuivit ainsi l'histoire de Bacbouc :

~~~~~~~~~~~~~~~~~~~~~~~~~~~~~~~~~~~~

CLXIXe NUIT.

Mon frère, continua le barbier, eut du travail pour cinq ou six jours à faire vingt chemises pour le meunier, qui lui donna ensuite une autre pièce de toile pour en faire autant de caleçons. Lorsqu'ils furent achevés, Bacbouc les porta au meunier, qui lui demanda ce qu'il lui fallait pour sa peine. Sur quoi mon frère dit qu'il se contenterait de vingt dragmes d'argent. Le meunier appela aussitôt la jeune esclave, et lui dit d'apporter le trébuchet pour voir si la monnaie qu'il allait donner était de poids. L'esclave, qui avait le mot, regarda mon frère en colère, pour lui marquer qu'il allait tout gâter s'il recevait de l'argent. Il se le tint pour dit ; il refusa d'en prendre, quoiqu'il en eût besoin et qu'il en eût emprunté pour acheter le fil dont il avait cousu les chemises et les caleçons. Au sortir de chez le meunier, il vint me

prier de lui prêter de quoi vivre, en me
disant qu'on ne le payait pas. Je lui donnai
quelques monnaies que j'avais dans ma
bourse, et cela le fit subsister durant quelques jours : il est vrai qu'il ne vivait que
de bouillie, et qu'encore n'en mangeait-il
pas tout son soûl.

Un jour il entra chez le meunier, qui
était occupé à faire aller son moulin, et
qui croyant qu'il venait demander de l'argent, lui en offrit ; mais la jeune esclave,
qui était présente, lui fit encore un signe
qui l'empêcha d'en accepter, et le fit répondre au meunier qu'il ne venait pas
pour cela, mais seulement pour s'informer de sa santé. Le meunier l'en remercia,
et lui donna une robe de dessus à faire.
Bacbouc la lui rapporta le lendemain. Le
meunier tira sa bourse ; la jeune esclave
ne fit en ce moment que regarder mon
frère : « Voisin, dit-il au meunier, rien
ne presse ; nous compterons une autre fois.»
Ainsi, cette pauvre dupe se retira dans sa
boutique avec trois grandes maladies, c'est-
à-dire amoureux, affamé, et sans argent.

La meunière était avare et méchante ;

elle ne se contenta pas d'avoir frustré mon
frère de ce qui lui était dû, elle excita son
mari à tirer vengeance de l'amour qu'il
avait pour elle ; et voici comme ils s'y
prirent. Le meunier invita Bacbouc un
soir à souper, et après l'avoir assez mal
régalé , il lui dit : « Frère, il est trop
tard pour vous retirer chez vous, demeurez ici. » En parlant de cette sorte , il le
mena dans un endroit où il y avait un
lit. Il le laissa là, et se retira avec sa femme
dans le lieu où ils avaient coutume de coucher. Au milieu de la nuit, le meunier
vint trouver mon frère : « Voisin, lui
dit il, dormez-vous ? Ma mule est malade ,
et j'ai bien du blé à moudre ; vous me
feriez beaucoup de plaisir si vous vouliez
tourner le moulin à sa place. » Bacbouc,
pour lui marquer qu'il était homme de
bonne volonté, lui répondit qu'il était prêt
à lui rendre ce service, qu'on n'avait seulement qu'à lui montrer comment il fallait
faire. Alors le meunier l'attacha par le milieu du corps de même qu'une mule, pour
faire tourner le moulin ; et lui donnant
ensuite un grand coup de fouet sur les reins,

« Marchez voisin, lui dit-il. » « Hé !
pourquoi me frappez-vous ? lui dit mon
frère. » « C'est pour vous encourager, répondit le meunier ; car sans cela, ma
mule ne marche pas. » Bacbouc fut étonné
de ce traitement ; néanmoins il n'osa s'en
plaindre. Quand il eut fait cinq ou six
tours, il voulut se reposer ; mais le meunier lui donna une douzaine de coups de
fouet bien appliqués, en lui disant : « Courage, voisin, ne vous arrêtez pas, je vous
prie ; il faut marcher sans prendre haleine,
autrement vous gâteriez ma farine. »

Scheherazade cessa de parler en cet
endroit, parce qu'elle vit qu'il était jour.
Le lendemain, elle reprit son discours
de cette sorte :

CLXX^e NUIT.

LE meunier obligea mon frère à tourner
ainsi le moulin pendant le reste de la
nuit, continua le barbier. A la pointe
du jour, il le laissa sans le détacher, et

se retira à la chambre de sa femme. Bacbouc demeura quelque temps en cet état.
A la fin, la jeune esclave vint, qui le
détacha. « Ah! que nous vous avons plaint,
ma bonne maîtresse et moi! s'écria la perfide; nous n'avons aucune part au mauvais
tour que son mari vous a joué. » Le malheureux Bacbouc ne lui répondit rien, tant
il était fatigué et moulu de coups; mais
il regagna sa maison, en faisant une ferme
résolution de ne plus songer à la meunière.

Le récit de cette histoire, poursuivit le
barbier, fit rire le calife. « Allez, me
dit-il, retournez chez vous; on va vous
donner quelque chose de ma part pour
vous consoler d'avoir manqué le régal
auquel vous vous attendiez. » « Commandeur des croyans, repris-je, je supplie
Votre Majesté de trouver bon que je ne
reçoive rien qu'après lui avoir raconté
l'histoire de mes autres frères. » Le calife
m'ayant témoigné par son silence qu'il
était disposé à m'écouter, je continuai en
ces termes :

HISTOIRE

DU SECOND FRÈRE DU BARBIER.

Mon second frère, qui s'appelait Bakbarah le Brèche-dent, marchant un jour
par la ville, rencontra une vieille dans une
rue écartée. Elle l'aborda. « J'ai, lui dit-
elle, un mot à vous dire ; je vous prie
de vous arrêter un moment. » Il s'arrêta,
en lui demandant ce qu'elle lui voulait.
Si vous avez le temps de venir avec moi,
reprit-elle, je vous mènerai dans un palais
magnifique, où vous verrez une dame
plus belle que le jour ; elle vous recevra
avec beaucoup de plaisir, et vous pré-
sentera la collation avec d'excellent vin :
il n'est pas besoin de vous en dire davantage. » « Ce que vous me dites est-il bien
vrai ? répliqua mon frère. » « Je ne suis
pas une menteuse, repartit la vieille ; je
ne vous propose rien qui ne soit véritable.
Mais écoutez ce que j'exige de vous : il
faut que vous soyez sage, que vous par-
liez peu, et que vous ayez une complai-

sance infinie. » Bakbarah ayant accepté
la condition , elle marcha devant , et il
la suivit. Ils arrivèrent à la porte d'un
grand palais , où il y avait beaucoup
d'officiers et de domestiques. Quelques-
uns voulurent arrêter mon frère ; mais
la vieille ne leur eut pas plutôt parlé,
qu'ils le laissèrent passer. Alors elle se
retourna vers mon frère , et lui dit : « Souvenez-vous au moins que la jeune dame
chez qui je vous amène , aime la douceur
et la retenue : elle ne veut pas qu'on la
contredise. Si vous la contentez en cela ,
vous pouvez compter que vous obtiendrez
d'elle ce que vous voudrez. » Bakbarah la
remercia de cet avis , et promit d'en profiter.

Elle le fit entrer dans un bel appartement. C'était un grand bâtiment en carré,
qui répondait à la magnificence du palais;
une galerie régnait à l'entour , et l'on
voyait au milieu un très-beau jardin. La
vieille le fit asseoir sur un sofa bien garni,
et lui dit d'attendre un moment , qu'elle
allait avertir de son arrivée la jeune dame.

Mon frère, qui n'était jamais entré dans

un lieu si superbe, se mit à considérer toutes les beautés qui s'offraient à sa vue ; et jugeant de sa bonne fortune par la magnificence qu'il voyait, il avait de la peine à contenir sa joie. Il entendit bientôt un grand bruit, qui était causé par une troupe d'esclaves enjouées, qui vinrent à lui en faisant des éclats de rire, et il aperçut au milieu d'elles une jeune dame d'une beauté extraordinaire, qui se faisait aisément reconnaître pour leur maîtresse, par les égards qu'on avait pour elle. Bakbarah, qui s'était attendu à un entretien particulier avec la dame, fut extrêmement surpris de la voir arriver en si bonne compagnie. Cependant les esclaves prirent un air sérieux en s'approchant de lui ; et lorsque la jeune dame fut près du sofa, mon frère, qui s'était levé, lui fit une profonde révérence. Elle prit la place d'honneur ; et puis l'ayant prié de se remettre à la sienne, elle lui dit d'un ton riant : « Je suis ravie de vous voir, et je vous souhaite tout le bien que vous pouvez désirer. » « Madame, répondit Bakbarah, je ne puis en souhaiter un plus grand que l'honneur que j'ai de paraître devant vous. » « Il me semble que vous êtes de bonne humeur, répliqua-t-elle, et que vous voudrez bien que nous passions le temps agréablement ensemble. »

Elle commanda aussitôt que l'on servît la collation. En même temps on couvrit une table de plusieurs corbeilles de fruits et de confitures. Elle se mit à table avec les esclaves et mon frère. Comme il était placé vis-à-vis d'elle, quand il ouvrait la bouche pour manger, elle s'apercevait qu'il était brèche-dent, et elle le faisait remarquer aux esclaves, qui en riaient de tout leur cœur avec elle. Bakbarah, qui de temps en temps levait la tête pour la regarder, et qui la voyait rire, s'imagina que c'était de la joie qu'elle avait de sa venue, et se flatta que bientôt elle écarterait ses esclaves pour rester avec lui sans témoins. Elle jugea bien qu'il avait cette pensée, et prenant plaisir à l'entretenir dans une erreur si agréable, elle lui dit des douceurs, et lui présenta de sa propre main de tout ce qu'il y avait de meilleur.

La collation achevée, on se leva de table. Dix esclaves prirent des instrumens, et commencèrent à jouer et à chanter ; d'autres se mirent à danser. Mon frère, pour faire l'agréable, dansa aussi, et la jeune dame s'en mêla. Après même qu'on eut dansé quelque temps, on s'assit pour prendre haleine. La jeune dame se fit donner un verre de vin, et regarda mon frère en souriant, pour lui marquer qu'elle allait boire à sa santé. Il se leva et demeura debout pendant qu'elle but. Lorsqu'elle eut bu, au lieu de rendre le verre, elle le fit remplir, et le présenta à mon frère, afin qu'il lui fît raison....

Scheherazade voulait poursuivre son récit; mais remarquant qu'il était jour, elle cessa de parler. La nuit suivante, elle reprit la parole, et dit au sultan des Indes :

~~~~~~

CLXXI^e NUIT.

Sire, le barbier continuant l'histoire de Bakbarah :

Mon frère , dit-il , prit le verre de la
main de la jeune dame en la lui baisant ,
et but debout , en reconnaissance de la
faveur qu'elle lui avait faite. Ensuite la
jeune dame le fit asseoir auprès d'elle ,
et commença de le caresser. Elle lui passa
la main derrière la tête, en lui donnant
de temps en temps de petits soufflets.
Ravi de ces faveurs, il s'estimait le plus
heureux homme du monde ; il était tenté
de badiner aussi avec cette charmante
personne ; mais il n'osait prendre cette
liberté devant tant d'esclaves qui avaient
les yeux sur lui, et qui ne cessaient de
rire de ce badinage. La jeune dame continua de lui donner de petits soufflets, et
à la fin lui en appliqua un si rudement,
qu'il en fut scandalisé. Il en rougit, et se
leva pour s'éloigner d'une si rude joueuse.
Alors la vieille qui l'avait amené, le regarda d'une manière à lui faire connaître
qu'il avait tort, et qu'il ne se souvenait
pas de l'avis qu'elle lui avait donné d'a-
voir de la complaisance. Il reconnut sa
faute ; et pour la réparer, il se rapprocha
de la jeune dame, en feignant qu'il ne

s'en était pas éloigné par mauvaise humeur. Elle le tira par le bras, le fit encore asseoir près d'elle, et continua de lui faire mille caresses malicieuses. Ses esclaves, qui ne cherchaient qu'à la divertir, se mirent de la partie : l'une donnait au pauvre Bakbarah des nasardes de toute sa force ; l'autre lui tirait les oreilles à les lui arracher, et d'autres enfin lui appliquaient des soufflets qui passaient la raillerie. Mon frère souffrait tout cela avec une patience admirable ; il affectait même un air gai ; et regardant la vieille avec un souris forcé : « Vous l'avez bien dit, disait-il, que je trouverais une dame toute bonne, tout agréable, toute charmante ! Que je vous ai d'obligations ! » « Ce n'est rien encore que cela, lui répondit la vieille ; laissez faire, vous verrez bien autre chose. » La jeune dame prit alors la parole, et dit à mon frère : « Vous êtes un brave homme : je suis ravie de trouver en vous tant de douceur et tant de complaisance pour mes petits caprices, et une humeur si conforme à la mienne. » « Madame, repartit

Bakbarah, charmé de ces discours, je ne
suis plus à moi, je suis tout à vous, et
vous pouvez à votre gré disposer de moi. »
« Que vous me faites de plaisir ! répliqua
la dame, en me marquant tant de soumission. Je suis contente de vous, et je
veux que vous le soyez aussi de moi.
Qu'on lui apporte, ajouta-t-elle, le par-
fum et l'eau de rose. » A ces mots, deux
esclaves se détachèrent, et revinrent bientôt après, l'une avec une cassolette d'argent où il y avait du bois d'aloès le plus
exquis, dont elle le parfuma, et l'autre
avec de l'eau de rose qu'elle lui jeta au
visage et dans les mains. Mon frère ne se
possédait pas, tant il était aise de se voir
traiter si honorablement.

Après cette cérémonie, la jeune dame
commanda aux esclaves qui avaient déjà
joué des instrumens et chanté, de recommencer leurs concerts. Elles obéirent; et
pendant ce temps-là, la dame appela une
autre esclave, et lui ordonna d'emmener
mon frère avec elle, en lui disant : « Fai-
tes-lui ce que vous savez; et quand vous
aurez achevé, ramenez - le - moi. » Bak-

barah, qui entendit cet ordre, se leva promptement, et s'approchant de la vieille qui s'était aussi levée pour accompagner l'esclave et lui, il la pria de lui dire ce qu'on lui voulait faire. « C'est que notre maîtresse est curieuse, lui répondit tout bas la vieille : elle souhaite de voir comment vous seriez fait déguisé en femme ; et cette esclave, qui a ordre de vous mener avec elle, va vous peindre les sourcils, vous raser la moustache, et vous habiller en femme. » « On peut me peindre les sourcils, tant qu'on voudra, répliqua mon frère, j'y consens, parce que je pourrai me laver ensuite ; mais pour me faire raser, vous voyez bien que je ne le dois pas souffrir : comment oserais-je paraître après cela sans moustaches ? » « Gardez-vous de vous opposer à ce que l'on exige de vous, reprit la vieille, vous gâteriez vos affaires, qui vont le mieux du monde. On vous aime ; on veut vous rendre heureux ; faut-il, pour une vilaine moustache, renoncer aux plus délicieuses faveurs qu'un homme puisse obtenir ? » Bakbarah se rendit aux raisons de la vieille ; et sans dire un seul mot, il se laissa conduire par l'esclave dans une chambre où on lui peignit les sourcils de rouge. On lui rasa la moustache ; et l'on se mit en devoir de lui raser aussi la barbe. La docilité de mon frère ne put aller jusque-là : « Oh ! pour ce qui est de ma barbe, s'écria-t-il, je ne souffrirai point absolument qu'on me la coupe. » L'esclave lui représenta qu'il était inutile de lui avoir ôté sa moustache, s'il ne voulait pas consentir qu'on lui rasât la barbe ; qu'un visage barbu ne convenait pas avec un habillement de femme, et qu'elle s'étonnait qu'un homme qui était sur le point de posséder la plus belle personne de Bagdad, fît quelque attention à sa barbe. La vieille ajouta au discours de l'esclave de nouvelles raisons ; elle menaça mon frère de la disgrâce de la jeune dame. Enfin elle lui dit tant de choses, qu'il se laissa faire tout ce qu'on voulut.

Lorsqu'il fut habillé en femme, on le ramena devant la jeune dame, qui se prit si fort à rire en le voyant, qu'elle se renversa sur le sofa où elle était assise. Les esclaves en firent autant en frappant des mains, si bien que mon frère demeura fort embarrassé de sa contenance. La jeune dame se releva, et, sans cesser de rire, lui dit : « Après la complaisance que vous avez eue pour moi, j'aurais tort de ne pas vous aimer de tout mon cœur; mais il faut que vous fassiez encore une chose pour l'amour de moi : c'est de danser comme vous voilà. « Il obéit, et la jeune dame et ses esclaves dansèrent avec lui, en riant comme des folles. Après qu'elles eurent dansé quelque temps, elles se jetèrent toutes sur le misérable, et lui donnèrent tant de soufflets, tant de coups de poing et de coups de pieds, qu'il en tomba par terre presque hors de lui-même. La vieille lui aida à se relever, pour ne pas lui donner le temps de se fâcher du mauvais traitement qu'on venait de lui faire. « Consolez-vous, lui dit-elle à l'oreille, vous êtes enfin arrivé au bout des souffrances, et vous allez en recevoir le prix...»

Le jour, qui paraissait déjà, imposa silence en cet endroit à la sultane Scheherazade. Elle poursuivit ainsi la nuit suivante :

~~~~~~

CLXXIIe NUIT.

La vieille, dit le barbier, continua de parler à Bakbarah. « Il ne vous reste plus, ajouta-t-elle, qu'une seule chose à faire, et ce n'est qu'une bagatelle. Vous saurez que ma maîtresse a coutume, lorsqu'elle a un peu bu, comme aujourd'hui, de ne se pas laisser approcher par ceux qu'elle aime, qu'ils ne soient nus en chemise. Quand ils sont en cet état, elle prend un peu d'avantage, et se met à courir devant eux par la galerie et de chambre en chambre, jusqu'à ce qu'ils l'aient attrapée. C'est encore une de ses bizarreries. Quelque avantage qu'elle puisse prendre, léger et dispos comme vous êtes, vous aurez bientôt mis la main sur elle. Mettez-vous donc vite en chemise ; déshabillez-vous sans faire de façon. »

Mon bon frère en avait trop fait pour reculer. Il se déshabilla ; et cependant la jeune dame se fit ôter sa robe, et demeura en jupon pour courir plus légèrement. Lorsqu'ils furent tous deux en état de commencer la course, la jeune dame prit un avantage d'environ vingt pas, et se mit à courir d'une vitesse surprenante. Mon frère la suivit de toute sa force, non sans exciter les ris de toutes les esclaves qui frappaient des mains. La jeune dame, au lieu de perdre quelque chose de l'avantage qu'elle avait pris d'abord, en gagnait encore sur mon frère. Elle lui fit faire deux ou trois tours de galerie ; et puis enfila une longue allée obscure, où elle se sauva par un détour qui lui était connu. Bakbarah, qui la suivait toujours, l'ayant perdue de vue dans l'allée, fut obligé de courir moins vite à cause de l'obscurité. Il aperçut enfin une lumière, vers laquelle ayant repris sa course, il sortit par une porte qui fut fermée sur lui aussitôt. Imaginez-vous s'il eut lieu d'être surpris de se trouver au milieu d'une rue de corroyeurs. Ils ne le furent pas moins de le voir en chemise, les yeux peints de rouge, sans barbe et sans moustache. Ils commencèrent à frapper des mains, à le huer, et quelques-uns coururent après lui, et lui cinglèrent les fesses avec des peaux. Ils l'arrêtèrent même, le mirent sur un âne qu'ils rencontrèrent par hasard, et le promenèrent par la ville, exposé à la risée de toute la populace.

Pour comble de malheur, en passant devant la maison du juge de police, ce magistrat voulut savoir la cause de ce tumulte. Les corroyeurs lui dirent qu'ils avaient vu sortir mon frère dans l'état où il était, par une porte de l'appartement des femmes du grand-visir, qui donnait sur leur rue. Là-dessus, le juge fit donner au malheureux Bakbarah cent coups de bâton sur la plante des pieds, et le fit conduire hors de la ville, avec défense d'y rentrer jamais.

« Voilà, Commandeur des croyans, dis-je au calife Mostanser Billah, l'aventure de mon second frère, que je voulais raconter à Votre Majesté. Il ne savait pas que les dames de nos seigneurs les plus puissans se divertissent quelquefois à jouer de semblables tours aux jeunes gens qui sont assez sots pour donner dans de semblables piéges... »

Scheherazade fut obligée de s'arrêter en cet endroit, à cause du jour, qu'elle vit paraître. La nuit suivante elle reprit sa narration, et dit au sultan des Indes :

CLXXIIIᵉ NUIT.

SIRE, le barbier, sans interrompre son discours, passa à l'histoire de son troisième frère.

HISTOIRE

DU TROISIÈME FRÈRE DU BARBIER.

COMMANDEUR des croyans, dit-il au calife, mon troisième frère, qui se nommait Bakbac, était aveugle, et sa mauvaise destinée l'ayant réduit à la mendicité, il allait de porte en porte demander l'aumône. Il avait une si longue habitude de

marcher seul dans les rues, qu'il n'avait
pas besoin de conducteur. Il avait coutume
de frapper aux portes, et de ne pas répondre qu'on ne lui eût ouvert. Un jour il
frappa à la porte d'une maison : le maître
du logis, qui était seul, s'écria : « Qui est
là ? » Mon frère ne répondit rien à ces
paroles, et frappa une seconde fois. Le
maître de la maison eut beau demander
encore qui était à sa porte, personne ne
lui répondit. Il descend, ouvre, et demande
à mon frère ce qu'il veut. « Que vous me
donniez quelque chose pour l'amour de
Dieu, lui dit Bakbac. » « Vous êtes aveugle, ce me semble ? reprit le maître de la
maison. » « Hélas ! oui, repartit mon
frère. » « Tendez la main, dit le maître. »
Mon frère la lui présenta, croyant aller
recevoir l'aumône ; mais le maître la lui
prit seulement pour l'aider à monter jusqu'à sa chambre. Bakbac s'imagina que
c'était pour le faire manger avec lui,
comme cela lui arrivait ailleurs assez souvent. Quand ils furent tous deux dans la
chambre, le maître lui quitta la main, se
mit à sa place, et lui demanda de nou-

veau ce qu'il souhaitait. « Je vous ai déjà
dit, lui répondit Bakbac, que je vous de-
mandais quelque chose pour l'amour de
Dieu. » « Bon aveugle, répliqua le maître, tout ce que je puis faire pour vous
c'est de souhaiter que Dieu vous rende la
vue. » « Vous pouviez bien me dire cela
à la porte, reprit mon frère, et m'épargner la peine de monter. » « Et pourquoi
innocent que vous êtes, ne répondez-vous
pas dès la première fois lorsque vous frap-
pez, et qu'on vous demande qui est là ?
D'où vient que vous donnez la peine aux
gens de vous aller ouvrir quand on vous
parle ? » « Que voulez-vous donc faire
de moi ? dit mon frère. » « Je vous le
répète encore, répondit le maître, je n'ai
rien à vous donner. » « Aidez-moi donc
à descendre comme vous m'avez aidé à
monter, répliqua Bakbac. » « L'escalier
est devant vous, repartit le maître, des-
cendez seul si vous voulez. » Mon frère
se mit à descendre ; mais le pied venant
à lui manquer au milieu de l'escalier, il
se fit bien du mal aux reins et à la tête en
glissant jusqu'au bas. Il se releva avec as-

sez de peine, et sortit en se plaignant et
en murmurant contre le maître de la
maison, qui ne fit que rire de sa chute.

Comme il sortait du logis, deux aveugles de ses camarades, qui passaient, le
reconnurent à sa voix. Ils s'arrêtèrent pour
lui demander ce qu'il avait. Il leur conta
ce qui lui était arrivé ; et après leur avoir
dit que toute la journée il n'avait rien reçu:
« Je vous conjure, ajouta-t-il, de m'accompagner jusque chez moi, afin que je
prenne devant vous quelque chose de l'argent que nous avons tous trois en commun,
pour m'acheter de quoi souper. » Les deux
aveugles y consentirent : il les emmena
chez lui.

Il faut remarquer que le maître de la
maison où mon frère avait été si maltraité,
était un voleur, homme naturellement
adroit et malicieux. Il entendit par sa fenêtre ce que Bakbac avait dit à ses camarades; c'est pourquoi il descendit, les suivit, et
entra avec eux dans une méchante maison
où logeait mon frère. Les aveugles s'étant
assis, Bakbac dit : « Frères, il faut, s'il
vous plaît, fermer la porte, et prendre

garde s'il n'y a pas ici quelque étranger
avec nous. » A ces paroles, le voleur fut
fort embarrassé ; mais apercevant une
corde qui se trouva par hasard attachée
au plancher, il s'y prit et se soutint en
l'air, pendant que les aveugles fermèrent
la porte, et firent le tour de la chambre
en tâtant partout avec leurs bâtons. Lorsque cela fut fait, et qu'ils eurent repris
leur place, il quitta la corde et alla s'asseoir doucement près de mon frère, qui,
se croyant seul avec les aveugles, leur
dit : « Frères, comme vous m'avez fait
dépositaire de l'argent que nous recevons
depuis long-temps tous trois, je veux vous
faire voir que je ne suis pas indigne de la
confiance que vous avez en moi. La dernière fois que nous comptâmes, vous savez
que nous avions dix mille dragmes, et
que nous les mîmes en dix sacs : je vais
vous montrer que je n'y ai pas touché. »
En disant cela, il mit la main à côté de
lui sous de vieilles hardes, tira les sacs
l'un après l'autre, et les donnant à ses
camarades : « Les voilà, poursuivit-il ;
vous pouvez juger par leur pesanteur qu'ils

sont encore en leur entier ; ou bien nous
allons les compter si vous souhaitez. » Ses
camarades lui ayant répondu qu'ils se
fiaient bien à lui, il ouvrit un des sacs et
en tira dix dragmes ; les deux autres
aveugles en tirèrent chacun autant.

Mon frère remit ensuite les dix sacs à
leur place ; après quoi un des aveugles lui
dit qu'il n'était pas besoin qu'il dépensât
rien ce jour-là pour son souper, qu'il avait
assez de provisions pour eux trois, par la
charité des bonnes gens. En même temps
il·tira de son bissac du pain, du fromage
et quelques fruits, mit tout cela sur une
table, et puis ils commencèrent à manger. Le voleur, qui était à la droite de
mon frère, choisissait ce qu'il y avait de
meilleur ; et mangeait avec eux ; mais quelque précaution qu'il pût prendre pour ne
pas faire de bruit, Bakbac l'entendit mâcher, et s'écria aussitôt : « Nous sommes
perdus ! il y a un étranger avec nous ! »
En parlant de la sorte, il étendit la main,
et saisit le voleur par le bras ; il se jeta
sur lui en criant au voleur, et en lui donnant de grands coups de poing. Les au-

tres aveugles se mirent à crier aussi et à
frapper le voleur, qui, de son côté, se
défendit le mieux qu'il put. Comme il
était fort et vigoureux , et qu'il avait l'a-
vantage de voir où il adressait ses coups,
il en portait de furieux tantôt à l'un et
tantôt à l'autre, quand il pouvait en avoir
la liberté ; et il criait au voleur encore
plus fort que ses ennemis. Les voisins accoururent bientôt au bruit, enfoncèrent la
porte, et eurent bien de la peine à séparer
les combattans ; mais enfin en étant venus
à bout, ils leur demandèrent le sujet de
leur différend. « Seigneur , s'écria mon
frère, qui n'avait pas quitté le voleur, cet
homme que je tiens , est un voleur, qui est
entré ici avec nous pour nous enlever le
peu d'argent que nous avons. » Le voleur,
qui avait fermé les yeux d'abord qu'il
avait vu paraître les voisins , feignit d'être
aveugle , et dit alors : « Seigneurs, c'est
un menteur ; je vous jure , par le nom de
Dieu et par la vie du calife, que je suis
leur associé , et qu'ils refusent de me donner ma part légitime. Ils se sont tous trois
mis contre moi, et je demande justice. »

Les voisins ne voulurent pas se mêler de leur contestation, et les menèrent tous quatre au juge de police.

Quand ils furent devant ce magistrat, le voleur, sans attendre qu'on l'interrogeât, dit en contrefaisant toujours l'aveugle : « Seigneur, puisque vous êtes commis pour administrer la justice de la part du calife, dont Dieu veuille faire prospérer la puissance, je vous déclarerai que nous sommes également criminels, mes trois camarades et moi. Mais comme nous nous sommes engagés par serment à ne rien avouer que sous la bastonnade, si vous voulez savoir notre crime, vous n'avez qu'à commander qu'on nous la donne, et qu'on commence par moi. » Mon frère voulut parler, mais on lui imposa silence. On mit le voleur sous le bâton.... »

A ces mots, Scheherazade remarquant qu'il était jour, interrompit sa narration. Elle en reprit ainsi la suite le lendemain :

vvv

CLXXIV^e NUIT.

On mit donc le voleur sous le bâton,
dit le barbier, et il eut la constance de
s'en laisser donner jusqu'à vingt ou trente
coups ; mais faisant semblant de se laisser
vaincre par la douleur, il ouvrit un œil
premièrement, et bientôt après il ouvrit
l'autre, en criant miséricorde, et en sup-
pliant le juge de police de faire cesser les
coups. Le juge, voyant que le voleur le
regardait les yeux ouverts, en fut fort
étonné. « Méchant, lui dit-il, que signifie
ce miracle ? » « Seigneur, répondit le voleur, je vais vous découvrir un secret
important, si vous voulez me faire grâce,
et me donner, pour gage que vous me
tiendrez parole, l'anneau que vous avez
au doigt, et qui vous sert de cachet. Je
suis prêt à vous révéler tout le mystère. »

Le juge fit cesser les coups de bâton,
lui remit son anneau, et promit de lui
faire grâce. « Sur la foi de cette promesse,

reprit le voleur, je vous avouerai, Seigneur, que mes camarades et moi nous
voyons fort clair tous quatre. Nous fei-
gnons d'être aveugles pour entrer librement dans les maisons, et pénétrer jusqu'aux appartemens des femmes, où nous
abusons de leur faiblesse. Je vous con-
fesse encore que par cet artifice nous
avons gagné dix mille dragmes en société.
J'en ai demandé aujourd'hui à mes con-
frères deux mille cinq cents qui m'appartiennent pour ma part ; ils me les ont
refusées, parce que je leur ai déclaré que
je voulais me retirer, et qu'ils ont eu peur
que je ne les accusasse ; et sur mes instances à leur demander ma part, ils se
sont jetés sur moi, et m'ont maltraité de
la manière dont je prends à témoins les
personnes qui nous ont amenés devant
vous. J'attends de votre justice, Seigneur,
que vous me ferez livrer vous-même les
deux mille cinq cents dragmes qui me
sont dues. Si vous voulez que mes camarades confessent la vérité de ce que j'a-
vance, faites-leur donner trois fois autant de coups de bâton que j'en ai reçus,

vous verrez qu'ils ouvriront les yeux comme moi.

Mon frère et les deux autres aveugles voulurent se justifier d'une imposture si, horrible ; mais le juge ne daigna pas les écouter. « Scélérats ! leur dit-il, c'est donc ainsi que vous contrefaites les aveugles, que vous trompez les gens, sous prétexte d'exciter leur charité, et que vous commettez de si méchantes actions!»

« C'est une imposture ! s'écria mon frère ; il est faux qu'aucun de nous voie clair ; nous en prenons Dieu à témoin. »

Tout ce que put dire mon frère fut inutile, ses camarades et lui reçurent chacun deux cents coups de bâton. Le juge attendait toujours qu'ils ouvrissent les yeux, et attribuait à une grande obstination ce qui n'était que l'effet d'une impuissance absolue. Pendant ce temps-là, le voleur disait aux aveugles : « Pauvres gens que vous êtes, ouvrez les yeux, et n'attendez pas qu'on vous fasse mourir sous le bâton. » Puis s'adressant au juge de police : « Seigneur, lui dit-il, je vois bien qu'ils pousseront leur malice jus-

qu'au bout, et que jamais ils n'ouvriront
les yeux ; ils veulent, sans doute, éviter
la honte qu'ils auraient de lire leur con-
damnation dans les regards de ceux qui
les verraient. Il vaut mieux leur faire
grâce, et envoyer quelqu'un avec moi
prendre les dix mille dragmes qu'ils ont
cachées. »

Le juge n'eut garde d'y manquer ; il fit
accompagner le voleur par un de ses gens,
qui lui apporta les dix sacs. Il fit compter
deux mille cinq cents dragmes au voleur,
et retint le reste pour lui. A l'égard de
mon frère et de ses compagnons, il en
eut pitié, et se contenta de les bannir.
Je n'eus pas plutôt appris ce qui était
arrivé à mon frère, que je courus après
lui. Il me raconta son malheur, et je le
ramenai secrètement dans la ville. J'aurais bien pu le justifier auprès du juge de
police, et faire punir le voleur comme il
le méritait ; mais je n'osai l'entreprendre,
de peur de m'attirer à moi-même quelque
mauvaise affaire.

Ce fut ainsi que j'achevai la triste
aventure de mon bon frère l'aveugle. Le

calife n'en rit pas moins que de celles
qu'il avait déjà entendues. Il ordonna de
nouveau qu'on me donnât quelque chose;
mais sans attendre qu'on exécutât son
ordre, je commençai l'histoire de mon
quatrième frère.

HISTOIRE

DU QUATRIÈME FRÈRE DU BARBIER.

Alcouz était le nom de mon quatrième
frère. Il devint borgne à l'occasion que
j'aurai l'honneur de dire à Votre Majesté.
Il était boucher de profession; il avait un
talent particulier pour élever et dresser
des béliers à se battre, et par ce moyen il
s'était acquis la connaissance et l'amitié
des principaux seigneurs, qui se plaisent à
voir ces sortes de combats, et qui ont
pour cet effet des béliers chez eux. Il était
d'ailleurs fort achalandé; il avait toujours
dans sa boutique la plus belle viande qu'il
y eût à la boucherie, parce qu'il était fort
riche, et qu'il n'épargnait rien pour avoir
la meilleure.

Un jour qu'il était dans sa boutique, un vieillard, qui avait une longue barbe blanche, vint acheter six livres de viande, lui en donna l'argent, et s'en alla. Mon frère trouva cet argent si beau, si blanc et si bien monnoyé, qu'il le mit à part dans un coffre dans un endroit séparé. Le même vieillard ne manqua pas, durant cinq mois, de venir prendre chaque jour la même quantité de viande, et de la payer en pareille monnaie, que mon frère continua de mettre à part.

Au bout de cinq mois, Alcouz voulant acheter une quantité de moutons, et les payer en cette belle monnaie, ouvrit le coffre; mais au lieu de la trouver, il fut dans un étonnement extrême de ne voir que des feuilles coupées en rond à la place où il l'avait mise. Il se donna de grands coups à la tête, en faisant des cris qui attirèrent bientôt les voisins, dont la surprise égala la sienne, lorsqu'ils eurent appris de quoi il s'agissait. « Plût à Dieu, s'écria mon frère en pleurant, que ce traître de vieillard arrivât présentement avec son air hypocrite! » Il n'eut pas plutôt

achevé ces paroles, qu'il le vit venir de
loin ; il courut au-devant de lui avec précipitation, et mettant la main sur lui :
« Musulmans, s'écria-t-il de toute sa
force, à l'aide! Ecoutez la friponnerie que
ce méchant homme m'a faite. » En même
temps il raconta à une assez grande foule
de peuple qui s'était assemblé autour de
lui, ce qu'il avait déjà conté à ses voisins.
Lorsqu'il eut achevé, le vieillard, sans
s'émouvoir, lui dit froidement : « Vous
feriez fort bien de me laisser aller, et de
réparer par cette action l'affront que vous
me faites devant tant de monde, de crainte
que je ne vous en fasse un plus sanglant
dont je serais fâché. » « Hé! qu'avez-vous
à dire contre moi ? lui répliqua mon frère ;
je suis un honnête homme dans ma profession, et je ne vous crains pas. » « Vous
voulez donc que je le publie? reprit le
vieillard du même ton. Sachez, ajouta-t-
il en s'adressant au peuple, qu'au lieu de
vendre de la chair de mouton, comme il
le doit, il vend de la chair humaine. »
« Vous êtes un imposteur, lui repartit
mon frère. » « Non, non, dit alors le vieil-

lard; à l'heure que je vous parle, il y a
un homme égorgé et attaché au - dehors
de votre boutique comme un mouton;
qu'on y aille, et l'on verra si je dis la
vérité. »

Avant que d'ouvrir le coffre où étaient
les feuilles, mon frère avait tué un mouton ce jour-là, l'avait accommodé et exposé
hors de sa boutique, selon sa coutume. Il
protesta que ce que disait le vieillard était
faux ; mais malgré ses protestations, la populace crédule, se laissant prévenir contre un homme accusé d'un fait si atroce,
voulut en être éclaircie sur-le-champ.
Elle obligea mon frère à lâcher le vieillard, s'assura de lui-même, et courut en
fureur jusqu'à sa boutique, où elle vit
l'homme égorgé et attaché, comme l'accusateur l'avait dit : car ce vieillard, qui
était magicien, avait fasciné les yeux de
tout le monde, comme il les avait fascinés
à mon frère pour lui faire prendre pour
de bon argent les feuilles qu'il lui avait
données. -

A ce spectacle, un de ceux qui tenaient
Alcouz, lui dit en lui appliquant un grand

coup de poing : « Comment ! méchant homme, c'est donc ainsi que tu nous fais manger de la chair humaine! » Et le vieillard, qui ne l'avait pas abandonné, lui en déchargea un autre, dont il lui creva un œil. Toutes les personnes même qui purent approcher de lui, ne l'épargnèrent pas. On ne se contenta pas de le maltraiter, on le conduisit devant le juge de police, à qui l'on présenta le prétendu cadavre, que l'on avait détaché et apporté pour servir de témoin contre l'accusé. « Seigneur, lui dit le vieillard magicien, vous voyez un homme qui est assez barbare pour massacrer les gens, et qui vend leur chair pour de la viande de mouton. Le public attend que vous fassiez un châtiment exemplaire. » Le juge de police entendit mon frère avec patience; mais l'argent changé en feuilles lui parut si peu digne de foi, qu'il traita mon frère d'imposteur; et s'en rapportant au témoignage de ses yeux, il lui fit donner cinq cents coups de bâton.

Ensuite l'ayant obligé de lui dire où était son argent, il lui enleva tout ce qu'il

avait, et le bannit à perpétuité, après l'a-
voir exposé aux yeux de toute la ville,
trois jours de suite, monté sur un chameau....

Mais, Sire, dit en cet endroit Scheherazade à Schahriar, la clarté du jour, que
je vois paraître, m'impose silence. » Elle
se tut; et la nuit suivante, elle continua
d'entretenir le sultan des Indes dans ces
termes :

CLXXVe NUIT.

Sire, le barbier poursuivit ainsi l'histoire
d'Alcouz :

Je n'étais pas à Bagdad, dit-il, lorsqu'une aventure si tragique arriva à mon
quatrième frère. Il se retira dans un lieu
écarté, où il demeura caché jusqu'à ce
qu'il fût guéri des coups de bâton dont il
avait le dos meurtri; car c'était sur le dos
qu'on l'avait frappé. Lorsqu'il fut en état
de marcher, il se rendit, la nuit, par des
chemins détournés, à une ville où il n'était
connu de personne, et il y prit un loge-

ment d'où il ne sortait presque pas. A la
fin, ennuyé de vivre toujours enfermé, il
alla se promener dans un faubourg, où il
entendit tout-à-coup un grand bruit de
cavaliers qui venaient derrière lui. Il était
alors par hasard près de la porte d'une
maison ; et comme, après ce qui lui était
arrivé, il appréhendait tout, il craignit
que ces cavaliers ne le suivissent pour
l'arrêter : c'est pourquoi il ouvrit la porte
pour se cacher ; et après l'avoir refermée,
il entra dans une grande cour, où il n'eut
pas plutôt paru, que deux domestiques
vinrent à lui, et le prenant au collet :
Dieu soit loué, lui dirent-ils, de ce que
vous venez vous-même vous livrer à nous !
Vous nous avez donné tant de peine ces
trois dernières nuits, que nous n'en avons
pas dormi ; et vous n'avez épargné notre
vie, que parce que nous avons su nous
garantir de votre mauvais dessein. »

Vous pouvez bien penser que mon
frère fut fort surpris de ce compliment.
« Bonnes gens, leur dit-il, je ne sais ce
que vous me voulez, et vous me prenez
sans doute pour un autre. » « Non, non,

répliquèrent-ils, nous n'ignorons pas que
vous et vos camarades vous êtes de francs
voleurs. Vous ne vous contentez pas d'a-
voir dérobé à notre maître tout ce qu'il
avait, et de l'avoir réduit à la mendicité,
vous en voulez encore à sa vie. Voyons un
peu si vous n'avez pas le couteau que vous
aviez à la main lorsque vous nous pour-
suiviez hier pendant la nuit. » En disant
cela, ils le fouillèrent, et trouvèrent qu'il
avait un couteau sur lui. « Oh! oh! s'é-
crièrent-ils en le prenant, oserez-vous
dire encore que vous n'êtes pas un voleur ? » « Hé quoi! leur répondit mon
frère, est-ce qu'on ne peut pas porter un
couteau sans être voleur? Ecoutez mon
histoire, ajouta-t-il; au lieu d'avoir une
mauvaise opinion de moi, vous serez tou-
chés de mes malheurs. » Bien éloignés de
l'écouter, ils se jetèrent sur lui, le foulè-
rent aux pieds, lui arrachèrent son habit
et lui déchirèrent sa chemise. Alors voyant
les cicatrices qu'il avait au dos : « Ah!
chien, dirent - ils en redoublant leurs
coups, tu veux nous faire accroire que tu
es honnête homme ! et ton dos nous fait

voir le contraire. » « Hélas ! s'écria mon
frère, il faut que mes péchés soient bien
grands, puisque après avoir été déjà maltraité si injustement, je le suis une seconde fois sans être plus coupable ! »

Les deux domestiques ne furent nullement attendris de ses plaintes ; ils le menèrent au juge de police, qui lui dit : « Par
quelle hardiesse es tu entré chez eux
pour les poursuivre le couteau à la main ? »
« Seigneur, répondit le pauvre Alcouz,
je suis l'homme du monde le plus innocent, et je suis perdu, si vous ne me faites
la grâce de m'écouter patiemment : personne n'est plus digne de compassion que
moi. » « Seigneur, interrompit alors un
des domestiques, voulez-vous écouter un
voleur qui entre dans les maisons pour
piller et assassiner les gens ? Si vous refusez de nous croire, vous n'avez qu'à
regarder son dos. » En parlant ainsi, il dé-
couvrit le dos de mon frère, et le fit voir
au juge, qui, sans autre information, commanda sur - le - champ qu'on lui donnât
cent coups de nerf de bœuf sur les épaules,
et ensuite le fit promener par la ville sur

un chameau, et crier devant lui : « Voilà
« de quelle manière on châtie ceux qui
« entrent par force dans les maisons. »

Cette promenade achevée, on le mit
hors de la ville, avec défense d'y rentrer
jamais. Quelques personnes qui le rencontrèrent après cette seconde disgrâce,
m'avertirent du lieu où il était. J'allai l'y
trouver, et le ramenai à Bagdad secrètement, où je l'assistai de tout mon petit
pouvoir.

Le calife Mostanser Billah, poursuivit
le barbier, ne rit pas tant de cette histoire
que des autres. Il eut la bonté de plaindre
le malheureux Alcouz. Il voulut encore
me faire donner quelque chose et me renvoyer; mais, sans donner le temps d'exécuter son ordre, je repris la parole, et
lui dis : « Mon souverain Seigneur et maître, vous voyez bien que je parle peu ;
et puisque Votre Majesté m'a fait la grâce
de m'écouter jusqu'ici, qu'elle ait la bonté
de vouloir encore entendre les aventures
de mes deux autres frères; j'espère qu'elles
ne vous divertiront pas moins que les pré-
cédentes. Vous en pourrez faire faire une

histoire complète, qui ne sera pas indigne
de votre bibliothèque. J'aurai donc l'honneur de vous dire que mon cinquième
frère se nommait Alnaschar..... »

Mais je m'aperçois qu'il est jour, dit
Scheherazade. Elle garda le silence, et reprit ainsi son discours la nuit suivante :

CLXXVIᵉ NUIT.

Sire, le barbier continua de parler dans
ces termes :

HISTOIRE

DU CINQUIÈME FRÈRE DU BARBIER.

Alnaschar, tant que vécut notre père,
fut très-paresseux. Au lieu de travailler
pour gagner sa vie, il n'avait pas honte
de la demander le soir, et de vivre le lendemain de ce qu'il avait reçu. Notre père
mourut accablé de vieillesse, et nous
laissa, pour tout bien, sept cents dragmes
d'argent. Nous partageâmes également,

de sorte que chacun en eut cent pour sa
part. Alnaschar, qui n'avait jamais pos-
sédé tant d'argent à la fois, se trouva fort
embarrassé sur l'usage qu'il en ferait. Il
se consulta long-temps lui même là-dessus, et il se détermina enfin à les employer en verres, en bouteilles et autres
pièces de verrerie, qu'il alla chercher
chez un gros marchand. Il mit le tout
dans un panier à jour, et choisit une fort
petite boutique, où il s'assit le panier devant lui, et le dos appuyé contre le mur,
en attendant qu'on vînt acheter de sa
marchandise. Dans cette attitude, les
yeux attachés sur son panier, il se mit à
rêver, et dans sa rêverie, il prononça les
paroles suivantes assez haut pour être entendu d'un tailleur qu'il avait pour voisin : « Ce panier, dit-il, me coûte cent
dragmes, et c'est tout ce que j'ai au
monde. J'en ferai bien deux cents dragmes en le vendant en détail, et de ces
deux cents dragmes que j'emploierai encore en verrerie, j'en ferai quatre cents.
Ainsi j'amasserai, par la suite du temps,
quatre mille dragmes. De quatre mille

dragmes j'irai aisément jusqu'à huit.
Quand j'en aurai dix mille, je laisserai
aussitôt la verrerie pour me faire joaillier. Je ferai commerce de diamans, de
perles, et de toutes sortes de pierreries.
Possédant alors des richesses à souhait,
j'acheterai une belle maison, de grandes
terres, des esclaves, des eunuques, des
chevaux; je ferai bonne chère et du bruit
dans le monde. Je ferai venir chez moi
tout ce qui se trouvera dans la ville de
joueurs d'instrumens, de danseurs et de
danseuses. Je n'en demeurerai pas là, et
j'amasserai, s'il plaît à Dieu, jusqu'à cent
mille dragmes.. Lorsque je me verrai
riche de cent mille dragmes, je m'esti-
merai autant qu'un prince, et j'enverrai
demander en mariage la fille du grand-
visir, en faisant représenter à ce ministre
que j'aurai entendu dire des merveilles
de la beauté, de la sagesse, de l'esprit et
de toutes les autres qualités de sa fille; et
enfin que je lui donnerai mille pièces d'or
pour la première nuit de nos noces. Si le
visir était assez malhonnête pour me refuser sa fille, ce qui ne saurait arriver,

j'irais l'enlever à sa barbe, et l'amene-
rais malgré lui chez moi. D'abord que
j'aurai épousé la fille du grand-visir, je
lui acheterai dix eunuques noirs des plus
jeunes et des mieux faits. Je m'habillerai
comme un prince; et, monté sur un beau
cheval qui aura une selle de fin or avec
une housse d'étoffe d'or relevée de diamans et de perles, je marcherai par la
ville, accompagné d'esclaves devant et
derrière moi, et me rendrai à l'hôtel du
visir aux yeux des grands et des petits,
qui me feront de profondes révérences.
En descendant chez le visir au pied de
son escalier, je monterai au milieu de
mes gens rangés en deux files à droite
et à gauche; et le grand-visir, en me recevant comme son gendre, me cédera sa
place, et se mettra au-dessous de moi
pour me faire plus d'honneur. Si cela
arrive, comme je l'espère, deux de mes
gens auront chacun une bourse de mille
pièces d'or que je leur aurai fait apporter.
J'en prendrai une, et la lui présentant :
« Voilà, lui dirai-je, les mille pièces
« d'or que j'ai promises pour la pre-

« mière nuit de mon mariage. » Et lui
offrant l'autre : « Tenez, ajouterai-je, je
« vous en donne encore autant, pour
« vous marquer que je suis homme de
« parole, et que je donne plus que je
« ne promets. » Après une action comme
celle-là, on ne parlera dans le monde
que de ma générosité. Je reviendrai chez
moi avec la même pompe. Ma femme
m'enverra complimenter de sa part par
quelque officier sur la visite que j'aurai
faite au visir son père ; j'honorerai l'officier d'une belle robe, et le renverrai avec
un riche présent. Si elle s'avise de m'en
envoyer un, je ne l'accepterai pas, et je
congédierai le porteur. Je ne permettrai
pas qu'elle sorte de son appartement pour
quelque cause que ce soit, que je n'en
sois averti ; et quand je voudrai bien y
entrer, ce sera d'une manière qui lui im-
primera du respect pour moi. Enfin il n'y
aura pas de maison mieux réglée que la
mienne. Je serai toujours habillé richement. Lorsque je me retirerai avec elle
le soir, je serai assis à la place d'honneur, où j'affecterai un air grave, sans

tourner la tête à droite ou à gauche. Je
parlerai peu ; et pendant que ma femme,
belle comme la pleine lune, demeurera
debout devant moi avec tous ses atours,
je ne ferai pas semblant de la voir. Ses
femmes, qui seront autour d'elle, me
diront : « Notre cher Seigneur et maître,
« voilà votre épouse, votre humble ser-
« vante devant vous : elle attend que
« vous la caressiez, et elle est bien mor-
« tifiée de ce que vous ne daignez pas
« seulement la regarder ; elle est fatiguée
« d'être si long-temps debout ; dites-lui
« au moins de s'asseoir. » Je ne répondrai rien à ce discours, ce qui augmen-
tera leur surprise et leur douleur. Elles
se jetteront à mes pieds, et après qu'elles
y auront demeuré un temps considérable
à me supplier de me laisser fléchir, je leverai enfin la tête, et jetterai sur elle un
regard distrait ; puis je me remettrai dans
la même attitude. Dans la pensée qu'elles
auront que ma femme ne sera pas assez
bien ni assez proprement habillée, elles
la meneront dans son cabinet pour lui
faire changer d'habit ; et moi cependant

je me leverai de mon côté, et prendrai un habit plus magnifique que celui d'auparavant. Elles reviendront une seconde fois à la charge ; elles me tiendront le même discours, et je me donnerai le plaisir de ne pas regarder ma femme qu'après m'être laissé prier et solliciter avec autant d'instances et aussi long-temps que la première fois. Je commencerai dès le premier jour de mes noces à lui apprendre de quelle manière je prétends en user avec elle le reste de sa vie..... »

La sultane Scheherazade se tut à ces paroles, à cause du jour qu'elle vit paraître. Elle reprit la suite de son discours le lendemain, et dit au Sultan des Indes,

CLXXVIIᵉ NUIT.

SIRE, le barbier babillard poursuivit ainsi l'histoire de son cinquième frère :

« Après les cérémonies de nos noces, continua Alnaschar, je prendrai, de la main d'un de mes gens, qui sera près de moi, une bourse de cinq cents pièces que

je donnerai aux coiffeuses , afin qu'elle me
laissent seul avec mon épouse. Quand elles
se seront retirées, ma femme se couchera
la première. Je me coucherai ensuite auprès d'elle , le dos tourné de son côté ; et je
passerai la nuit sans lui dire un seul mot.
Le lendemain, elle ne manquera pas de se
plaindre de mes mépris et de mon orgueil
à sa mère, femme du grand visir ; et j'en
aurai la joie au cœur. Sa mère viendra me
trouver , me baisera les mains avec respect, et me dira : « Seigneur (car elle n'o-
sera m'appeler son gendre, de peur de me
déplaire en me parlant si familièrement),
je vous supplie de ne pas dédaigner de
regarder ma fille , et de vous approcher
d'elle : je vous assure qu'elle ne cherche
qu'à vous plaire , et qu'elle vous aime de
toute son ame. « Mais ma belle-mère aura
beau parler , je ne lui répondrai pas une
syllabe, et je demeurerai ferme dans ma
gravité. Alors elle se jettera à mes pieds,
me les baisera plusieurs fois, et me dira :
« Seigneur , serait-il possible que vous
« soupçonnassiez la sagesse de ma fille ?

« Je vous assure que je l'ai toujours eue
« devant les yeux, et que vous êtes le pre-
« mier homme qui l'ait jamais vue en face.
« Cessez de lui causer une si grande mor-
« tification; faites lui la grâce de la re-
« garder, de lui parler et de la fortifier
« dans la bonne intention qu'elle a de vous
« satisfaire en toute chose. » Tout cela ne
me touchera point; ce que voyant ma
belle-mère, elle prendra un verre de vin,
et le mettant à la main de sa fille mon
épouse : « Allez, lui dira-t-elle; présentez-
» lui vous-même ce verre de vin, il n'aura
« peut-être pas la cruauté de le refuser
« d'une si belle main. Ma femme viendra
avec le verre, demeurera debout et toute
tremblante devant moi. Lorsqu'elle verra
que je ne tournerai point la vue de son
côté, et que je persisterai à la dédaigner,
elle me dira, les larmes aux yeux : « Mon
« cœur, ma chère âme, mon aimable Sei-
« gneur, je vous conjure, par les faveurs
« dont le ciel vous comble, de me faire la
« grâce de recevoir ce verre de vin de la
« main de votre très-humble servante. »
Je me garderai bien de la regarder encore

et de lui répondre. « Mon charmant époux,
« continuera-t-elle en redoublant ses pleurs
« et en m'approchant le verre de la bou-
« che je ne cesserai pas que je n'ai obtenu
« que vous buviez. » Alors, fatigué de ses
prières, je lui lancerai un regard terrible;
et lui donnerai un bon soufflet sur la joue,
en la repoussant du pied si vigoureuse-
ment, qu'elle ira tomber bien loin au-delà
du sofa.

Mon frère était tellement absorbé dans
ses visions chimériques, qu'il représenta
l'action avec son pied, comme si elle eût
été réelle, et par malheur il en frappa si
rudement son panier plein de verrerie,
qu'il le jeta du haut de sa boutique dans la
rue, de manière que toute la verrerie fut
brisée en mille morceaux.

Le tailleur son voisin, qui avait ouï
l'extravagance de son discours, fit un grand
éclat de rire lorsqu'il vit tomber le panier.
« Oh! que tu es un indigne homme! dit-il
à mon frère, ne devrais-tu pas mourir de
honte de maltraiter ainsi une jeune épouse
qui ne t'a donné aucun sujet de te plaindre
d'elle? Il faut que tu sois bien brutal, pour

mépriser les pleurs et les charmes d'une
si aimable personne! Si j'étais à la place
du grand-visir, ton beau-père, je te ferais
donner cent coups de nerf de bœuf, et te
ferais proméner par la ville avec l'éloge
que tu mérites. »

Mon frère, à cet accident si funeste
pour lui, rentra en lui-même, et voyant
que c'était par son orgueil insupportable
qu'il lui était arrivé, il se frappa le visage,
déchira ses habits, et se mit à pleurer, en
poussant des cris qui firent bientôt assembler les voisins, et arrêter les passans qui
allaient à la prière de midi. Comme c'était
un vendredi, il y allait plus de monde que
les autres jours. Les uns eurent pitié d'Alnaschar, et les autres ne firent que rire de
son extravagance. Cependant la vanité
qu'il s'était mise en tête s'était dissipée
avec son bien; et il pleurait encore son
sort amèrement, lorsqu'une dame de considération, montée sur une mule richement caparaçonnée, vint à passer par là.
L'état où elle vit mon frère excita sa
compassion. Elle demanda qui il était, et
ce qu'il avait à pleurer. On lui dit seule-

ment que c'était un pauvre homme qui
avait employé le peu d'argent qu'il possédait à l'achat d'un panier de verrerie ;
que ce panier était tombé, et que toute la
verrerie s'était cassée. Aussitôt la dame se
tourna du côté d'un eunuque qui l'ac-
compagnait : « Donnez-lui, dit-elle, ce
que vous avez sur vous. » L'eunuque obéit,
et mit entre les mains de mon frère une
bourse de cinq cents pièces d'or. Alnaschar
pensa mourir de joie en la recevant. Il
donna mille bénédictions à la dame ; et
après avoir fermé sa boutique, où sa présence n'était plus nécessaire, il s'en alla
chez lui.

Il faisait de profondes réflexions sur le
grand bonheur qui venait de lui arriver,
lorsqu'il entendit frapper à sa porte. Avant
que d'ouvrir, il demanda qui frappait ; et
ayant reconnu à la voix que c'était une
femme, il ouvrit. « Mon fils, lui dit-elle,
j'ai une grâce à vous demander : voilà le
temps de la prière, je voudrais bien me
laver pour être en état de la faire. Laissez-moi, s'il vous plaît, entrer chez vous,
et me donner un vase d'eau. » Mon frère

envisagea cette femme, et vit que c'était
une personne déjà fort avancée en âge.
Quoiqu'il ne la connût point, il ne laissa
pas de lui accorder ce qu'elle demandait.
Il lui donna un vase plein d'eau, ensuite
il reprit sa place, et toujours occupé de
sa dernière aventure, il mit son or dans
une espèce de bourse longue et étroite,
propre à porter à sa ceinture. La vieille,
pendant ce temps-là, fit sa prière; et
lorsqu'elle eut achevé, elle vint trouver
mon frère, se prosterna deux fois en frappant la terre de son front, comme si elle
eût voulu prier Dieu; puis s'étant relevée,
elle lui souhaita toutes sortes de biens...

L'aurore, dont la clarté commençait à
paraître, obligea Schéhérazade à s'arrêter
en cet endroit. La nuit suivante, elle reprit ainsi son discours, en faisant toujours parler le barbier :

CLXXVIII^e NUIT.

La vieille souhaita toutes sortes de biens à
mon frère; elle le remercia de son honnêteté. Comme elle était habillée assez pau-

vrement, et qu'elle s'humiliait fort devant lui, il crut qu'elle lui demandait l'aumône, et il lui présenta deux pièces d'or. La vieille se retira en arrière avec surprise, comme si mon frère lui eût fait une injure. « Grand Dieu ! lui dit-elle, que veut dire ceci ? Serait-il possible, Seigneur, que vous me prissiez pour une de ces misérables qui font profession d'entrer hardiment chez les gens pour demander l'aumône ? Reprenez votre argent, je n'en ai pas besoin, Dieu merci : j'appartiens à une jeune dame de cette ville, qui est pourvue d'une beauté charmante, et qui est avec cela très-riche ; elle ne me laisse manquer de rien. »

Mon frère ne fut pas assez fin pour s'apercevoir de l'adresse de la vieille, qui n'avait refusé les deux pièces d'or que pour en attraper davantage. Il lui demanda si elle ne pourrait pas lui procurer l'honneur de voir cette dame. « Très-volontiers, lui répondit-elle ; elle sera bien aise de vous épouser, et de vous mettre en possession de tous ses biens, en vous faisant maître de sa personne : prenez

votre argent, et suivez-moi. » Ravi d'a-
voir trouvé une grosse somme d'argent,
et presque aussitôt une femme belle et
riche, il ferma les yeux à toute autre considération. Il prit les cinq cents pièces
d'or, et se laissa conduire par la vieille.

Elle marcha devant lui, et il la suivit
de loin jusqu'à la porte d'une grande maison où elle frappa. Il la rejoignit dans le
temps qu'une jeune esclave grecque ouvrait. La vieille le fit entrer le premier,
et passer au travers d'une cour bien pa-
vée, et l'introduisit dans une salle dont
l'ameublement le confirma dans la bonne
opinion qu'on lui avait fait concevoir de
la maîtresse de la maison. Pendant que
la vieille alla avertir la jeune dame, il
s'assit; et, comme il avait chaud, il
ôta son turban et le mit près de lui. Il vit
bientôt entrer la jeune dame, qui le surprit bien plus par sa beauté, que par la
richesse de son habillement. Il se leva dès
qu'il l'aperçut. La dame le pria d'un air
gracieux de prendre sa place, en s'asseyant près de lui. Elle lui marqua bien
de la joie de le voir; et après lui avoir dit

quelques douceurs : « Nous ne sommes
pas assez commodément, ajouta-t-elle,
venez, donnez-moi la main. » A ces mots,
elle lui présenta la sienne, et le mena
dans une chambre écartée, où elle s'entretint encore quelque temps avec lui;
puis elle le quitta, en lui disant : » Demeurez, je suis à vous dans un moment. »
Il attendit; mais au lieu de la dame, un
grand esclave noir arriva le sabre à la
main, et regardant mon frère d'un œil
terrible : « Que fais-tu ici ? lui dit-il fiè-
rement. » Alnaschar, à cet aspect, fut
tellement saisi de frayeur, qu'il n'eut pas
la force de répondre. L'esclave le dépouilla, lui enleva l'or qu'il portait, et
lui déchargea plusieurs coups de sabre
dans les chairs seulement. Le malheureux
en tomba par terre, où il resta sans mouvement, quoiqu'il eût encore l'usage de
ses sens. Le noir, le croyant mort, demanda du sel; l'esclave grecque en apporta plein un grand bassin. Ils en frot-
tèrent les plaies de mon frère, qui eut la
présence d'esprit, malgré la douleur cui-
sante qu'il souffrait, de ne donner aucun

signe de vie. Le noir et l'esclave greeque s'étant retirés, la vieille, qui avait fait tomber mon frère dans le piége, vint le prendre par les pieds, et le traîna jusqu'à une trape qu'elle ouvrit. Elle le jeta dedans, et il se trouva dans un lieu souterrain avec plusieurs corps de gens qui avaient été assassinés. Il s'en aperçut dès qu'il fut revenu à lui ; car la violence de sa chute lui avait ôté le sentiment. Le sel dont ses plaies avaient été frottées lui conserva la vie. Il reprit peu-à-peu assez de force pour se soutenir ; et au bout de deux jours, ayant ouvert la trape durant la nuit, et remarqué dans la cour un endroit propre à se cacher, il y demeura jusqu'à la pointe du jour. Alors il vit paraître la détestable vieille, qui ouvrit la porte de la rue, et partit pour aller chercher une autre proie. Afin qu'elle ne le vît pas, il ne sortit de ce coupe-gorge que quelques momens après elle, et il vint se réfugier chez moi, où il m'apprit toutes les aventures qui lui étaient arrivées en si peu de temps.

Au bout d'un mois, il fut parfaitement

guéri de ses blessures par les remèdes sou-
verains que je lui fis prendre. Il résolut de
se venger de la vieille qui l'avait trompé
si cruellement. Pour cet effet, il fit une
bourse assez grande pour contenir cinq
cents pièces d'or; et, au lieu d'or, il la
remplit de morceaux de verre...

Scheherazade, en achevant ces derniers
mots, s'aperçut qu'il était jour. Elle n'en
dit pas d'avantage cette nuit; mais le lendemain, elle poursuivit de cette sorte
l'histoire d'Alnaschar.

CLXXIXe NUIT.

Mon frère, continua le barbier, attacha
le sac de verre autour de lui avec sa ceinture, se déguisa en vieille, et prit un sabre
qu'il cacha sous sa robe. Un matin il rencontra la vieille qui se promenait déjà par
la ville, en cherchant l'occasion de jouer
un mauvais tour à quelqu'un. Il l'aborda,
et contrefaisant la voix d'une femme :
« N'auriez-vous pas, lui dit-il, un trébuchet à me prêter ? Je suis une femme de

Perse, nouvellement arrivée. J'ai apporté de mon pays cinq cents pièces d'or. Je voudrais bien voir si elles sont de poids. » « Bonne femme, lui répondit la vieille, vous ne pouviez mieux vous adresser qu'à moi. Venez, vous n'avez qu'à me suivre, je vous mènerai chez mon fils, qui est changeur; il se fera un plaisir de vous les peser lui-même, pour vous en épargner la peine. Ne perdons pas de temps, afin de le trouver avant qu'il aille à sa boutique. » Mon frère la suivit jusqu'à la maison où elle l'avait introduit la première fois, et la porte fut ouverte par l'esclave grecque.

La vieille mena mon frère dans la salle, où elle lui dit d'attendre un moment, qu'elle allait faire venir son fils. Le prétendu fils parut sous la forme du vilain esclave noir : « Maudite vieille, dit-il à mon frère, lève-toi, et me suis. » En disant ces mots, il marcha devant pour le mener au lieu où il voulait le massacrer. Alnaschar se leva, le suivit; et tirant son sabre de dessous sa robe, il le lui déchargea sur le cou par-derrière si adroitement, qu'il lui

abattit la tête. Il la prit aussitôt d'une main,
et de l'autre il traîna le cadavre jusqu'au
lieu souterrain, où il le jeta avec la tête.
L'esclave grecque, accoutumée à ce ma-
nége, se fit bientôt voir avec le bassin plein
de sel ; mais quand elle vit Alnaschar le
sabre à la main, et qui avait quitté le voile
dont il s'était couvert le visage, elle laissa
tomber le bassin, et s'enfuit ; mais mon
frère, courant plus fort qu'elle, la joignit,
et lui fit voler la tête de dessus ses épaules.
La méchante vieille accourut au bruit ;
et il se saisit d'elle avant qu'elle eût le
temps de lui échapper. » Perfide s'écria-t-
il, me reconnais-tu ? » Hélas! Seigneur,
répondit-elle en tremblant, qui êtes-vous ?
Je ne me souviens pas de vous avoir jamais
vu. » « Je suis, dit-il, celui chez qui tu
entras l'autre jour pour te laver et faire ta
prière d'hypocrite : t'en souvient-il?« Alors
elle se mit à genoux pour lui demander
pardon ; mais il la coupa en quatre pièces.

Il ne restait plus que la dame, qui ne
savait rien de ce qui venait de se passer
chez elle. Il la chercha, et la trouva dans
une chambre, où elle pensa s'évanouir

quand elle le vit paraître. Elle lui demanda
la vie, et il eût la générosité de la lui accorder. » Madame, lui dit-il, comment
pouvez-vous être avec des gens aussi mé-
chans que ceux dont je viens de me venger
si justement ? » « J'étais, lui répondit-elle,
la femme d'un honnête marchand, et la
maudite vieille, dont je ne connaissais pas
la méchanceté, me venait voir quelquefois.
« Madame, me dit-elle un jour, nous
« avons de belles noces chez nous, vous
« y prendriez beaucoup de plaisir, si vous
« vouliez nous faire l'honneur de vous y
« trouver. » Je me laissai persuader. Je
pris mon plus bel habit avec une bourse
de cent pièces d'or. Je la suivis; elle me
mena dans cette maison, où je trouvai ce
noir qui me retint par force; et il y a trois
ans que j'y suis avec bien de la douleur. »
« De la manière dont ce détestable noir
se gouvernait, reprit mon frère, il faut
qu'il ait amassé bien des richesses ? » « Il
y en a tant, repartit-elle, que vous serez
riche à jamais, si vous pouvez les emporter:
suivez-moi, et vous les verrez. » Elle conduisit Alnaschar dans une chambre, où

elle lui fit voir effectivement plusieurs
coffres pleins d'or, qu'il considéra avec une
admiration dont il ne pouvait revenir.
« Allez, dit-elle, et amenez assez de monde
pour emporter tout cela. » Mon frère ne
se le fit pas dire deux fois; il sortit, et ne
fut dehors qu'autant de temps qu'il lui en
fallut pour assembler dix hommes. Il les
amena avec lui; et en arrivant à la maison,
il fut fort étonné de trouver la porte ouverte; mais il le fut bien davantage lorsque
étant entré dans la chambre où il avait vu
les coffres, il n'en trouva pas un seul. La
dame, plus rusée et plus diligente que lui,
les avait fait enlever et avait disparu elle-
même. Au défaut des coffres, et pour ne pas
s'en retourner les mains vides, il fit emporter tout ce qu'il put trouver de meubles dans
les chambres et dans les garde-meubles, où
il y en avait beaucoup plus qu'il ne lui en
fallait pour le dédommager des cinq cents
pièces d'or qui lui avaient été volées. Mais
en sortant de la maison, il oublia de fermer
la porte. Les voisins, qui avaient reconnu
mon frère, et vu les porteurs aller et venir,
coururent avertir le juge de police de ce

déménagement, qui leur avait paru suspect.
Alnaschar passa la nuit assez tranquille-
ment ; mais le lendemain matin, comme
il sortait du logis, il rencontra à sa porte
vingt hommes des gens du juge de police
qui se saisirent de lui. « Venez avec nous,
lui dirent-ils, notre maître veut parler à
vous. » Mon frère les pria de se donner
un moment de patience, et leur offrit une
somme d'argent pour qu'ils le laissassent
échapper ; mais au lieu de l'écouter, ils le
lièrent et le forcèrent de marcher avec eux.
Ils rencontrèrent dans une rue un ancien
ami de mon frère qui les arrêta, et s'in-
forma d'eux pour quelle raison ils l'em-
menaient ; il leur proposa même une somme
considérable pour le lâcher et rapporter
au juge de police qu'ils ne l'avaient pas
trouvé ; mais il ne put rien obtenir d'eux,
et ils menèrent Alnaschar au juge de police.... »

Scheherazade cessa de parler en cet endroit, parce qu'elle remarqua qu'il était
jour. La nuit suivante elle reprit le fil de
sa narration, et dit au sultan des Indes :

~~~~~~

CLXXXe NUIT.

SIRE, quand les gardes, poursuivit le barbier, eurent conduit mon frère devant le juge de police, ce magistrat lui dit : « Je vous demande où vous avez pris tous les meubles que vous fîtes porter hier chez vous? » « Seigneur, répondit Alnaschar, je suis prêt à vous dire la vérité ; mais permettez-moi auparavant d'avoir recours à votre clémence, et de vous supplier de me donner votre parole qu'il ne me sera rien fait. » « Je vous la donne, répliqua le juge. Alors mon frère lui raconta sans déguisement tout ce qui lui était arrivé, et tout ce qu'il avait fait depuis que la vieille était venu faire sa prière chez lui, jusqu'à ce qu'il ne trouva plus la jeune dame dans la chambre où il l'avait laissée, après avoir tué le noir, l'esclave grecque et la vieille. A l'égard de ce qu'il avait fait emporter chez lui, il supplia le juge de lui en laisser au moins une partie, pour le récompenser des cinq cents pièces d'or qu'on lui avait volées.

Le juge, sans rien promettre à mon
frère, envoya chez lui quelques-uns de
ses gens pour enlever tout ce qu'il y avait,
et lorsqu'on lui eut rapporté qu'il n'y restait plus rien, et que tout avait été mis
dans son garde-meuble, il commanda
aussitôt à mon frère de sortir de la ville,
et de n'y revenir de sa vie, parce qu'il
craignait que s'il y demeurait, il n'allât se
plaindre de son injustice au calife. Cependant Alnaschar obéit à l'ordre sans mur-
murer, et sortit de la ville pour se réfugier dans une autre. En chemin, il fut
rencontré par des voleurs qui le dépouil-
lèrent et le mirent nu comme la main. Je
n'eus pas plutôt appris cette fâcheuse nouvelle, que je pris un habit et allai le trouver où il était. Après l'avoir consolé le
mieux qu'il me fut possible, je le ramenai,
et le fis entrer secrètement dans la ville,
où j'en eus autant de soin que de ses autres frères. »

HISTOIRE

DU SIXIÈME FRÈRE DU BARBIER.

Il ne me reste plus à vous raconter que l'histoire de mon sixième frère, appelé Schacabac aux lèvres fendues. Il avait eu d'abord l'industrie de bien faire valoir les cent dragmes d'argent qu'il avait eues en partage, de même que ses autres frères, de sorte qu'il s'était vu fort à son aise ; mais un revers de fortune le réduisit à la nécessité de demander sa vie. Il s'en acquittait avec adresse, et il s'étudiait surtout à se procurer l'entrée des grandes maisons par l'entremise des officiers et des domestiques, pour avoir un libre accès auprès des maîtres, et s'attirer leur compassion.

Un jour qu'il passait devant un hôtel magnifique, dont la porte élevée laissait voir une cour très-spacieuse où il y avait une foule de domestiques, il s'approcha de l'un d'entre eux, et lui demanda à qui appartenait cet hôtel. « Bonhomme, lui

répondit le domestique, d'où venez-vous,
pour me faire cette demande? Tout ce
que vous voyez ne vous fait il pas connaître que c'est l'hôtel d'un Barmécide?
Mon frère, à qui la générosité et la libéralité des Barmécides étaient connues,
s'adressa aux portiers; car il y en avait
plus d'un, et les pria de lui donner l'aumône. « Entrez, lui dirent-ils, personne
ne vous en empêche; et adressez-vous
vous-même au maître de la maison, il
vous renverra content. »

Mon frère ne s'attendait pas à tant
d'honnêteté; il en remercia les portiers,
et entra, avec leur permission, dans l'hôtel, qui était si vaste, qu'il mit beaucoup
de temps à gagner l'appartement du Barmécide. Il pénétra enfin jusqu'à un grand
bâtiment en carré, d'une très-belle architecture, et entra par un vestibule qui lui
fit découvrir un jardin des plus propres,
avec des allées de cailloux de différentes
couleurs qui réjouissaient la vue. Les appartemens d'en bas, qui régnaient à l'entour, étaient presque tous à jour. Ils se
fermaient avec de grands rideaux, pour

garantir du soleil, et on les ouvrait pour prendre le frais quand la chaleur était passée.

Un lieu si agréable aurait causé de l'admiration à mon frère, s'il eût eu l'esprit plus content qu'il ne l'avait. Il avança, et entra dans une salle richement meublée, et ornée de peintures à feuillages d'or et d'azur, où il aperçut un homme vénérable avec une longue barbe blanche, assis sur un sofa à la place d'honneur; ce qui lui fit juger que c'était le maître de la maison. En effet, c'était le seigneur Barmecide lui-même, qui lui dit, d'une manière obligeante, qu'il était le bien-venu, et lui demanda ce qu'il souhaitait. « Seigneur, lui répondit mon frère, d'un air à lui faire pitié, je suis un pauvre homme qui ai besoin de l'assistance des personnes puissantes et généreuses comme vous. » Il ne pouvait mieux s'adresser qu'à ce Seigneur, qui était recommandable par mille belles qualités.

Le Barmecide parut étonné de la réponse de mon frère; et portant ses deux mains à son estomac, comme pour dé-

chirer son habit en signe de douleur :
« Est-il possible, s'écria-t-il, que je sois à
Bagdad, et qu'un homme tel que vous soit
dans la nécessité que vous dites? Voilà ce
que je ne puis souffrir. » A ces démons-
trations, mon frère, prévenu qu'il allait
lui donner une marque singulière de sa
libéralité, lui donna mille bénédictions,
et lui souhaita toutes sortes de biens. « Il
ne sera pas dit, reprit le Barmecide, que
je vous abandonne, et je ne prétends pas
non plus que vous m'abandonniez. » Seigneur, répliqua mon frère, je vous jure
que je n'ai rien mangé d'aujourd'hui. »
« Est-il bien vrai, repartit le Barmecide,
que vous soyiez à jeun à l'heure qu'il est?
Hélas! le pauvre homme! il meurt de
faim! Holà! garçon? ajouta-t-il en élevant
la voix, qu'on apporte vite le bassin et
l'eau, que nous nous lavions les mains. »
Quoiqu'aucun garçon ne parût, et que
mon frère ne vît ni bassin ni eau, le Barmecide néanmoins ne laissa pas de se frot-
ter les mains comme si quelqu'un eût versé
de l'eau dessus, et en faisant cela, il disait
à mon frère : « Approchez donc, lavez-

vous avec moi. » Schacabac jugea bien
par-là que le seigneur Barmecide aimait
à rire ; et comme il entendait lui-même
la raillerie, et qu'il n'ignorait pas la complaisance que les pauvres doivent avoir
pour les riches, s'ils en veulent tirer un
bon parti, il s'approcha, et fit comme lui.

Allons, dit alors le Barmecide, qu'on
apporte à manger, et qu'on ne fasse point
attendre. « En achevant ces paroles, quoiqu'on n'eût rien apporté, il commença de
faire comme s'il eût pris quelque chose
dans un plat, de porter à sa bouche et de
mâcher à vide, en disant à mon frère :
« Mangez, mon hôte, je vous en prie ;
agissez aussi librement que si vous étiez
chez vous ; mangez donc : pour un homme
affamé, il me semble que vous faites la petite bouche. » « Pardonnez-moi, Seigneur,
lui répondit Schacabac en imitant parfaitement ses gestes, vous voyez que je ne
perds pas de temps, et que je fais assez
bien mon devoir. » « Que dites-vous de ce
pain ? reprit le Barmecide ; ne le trouvez-
vous pas excellent ? » « Ah ! Seigneur,
repartit mon frère, qui ne voyait pas

plus de pain que de viande, jamais je
n'en ai mangé de si blanc ni de si délicat. »
« Mangez-en donc tout votre soûl, répliqua le seigneur Barmecide ; je vous assure
que j'ai acheté cinq cents pièces d'or la
boulangère qui me fait de si bon pain.... »

Scheherazade voulait continuer ; mais
le jour, qui paraissait, l'obligea de s'arrêter à ces dernières paroles. La nuit suivante, elle poursuivit de cette manière :

~~~~~~~~~~~~~~~~~~~~~~~~~~~~~~~~~~~~~~

CLXXXI^e NUIT.

LE Barmecide, dit le barbier, après
avoir parlé de l'esclave sa boulangère, et
vanté son pain, que mon frère ne mangeait qu'en idée, s'écria : « Garçon? ap-
porte-nous un autre plat. Mon brave
hôte, dit-il à mon frère (encore qu'aucun
garçon n'eût paru,) goûtez de ce nouveau
mets, et me dites si jamais vous avez
mangé du mouton cuit avec du blé mon-
dé, qui fût mieux accommodé que celui-
là ? » « Il est admirable, lui répondit
mon frère ; aussi je m'en donne comme il

faut. » « Que vous me faites plaisir! reprit le seigneur Barmecide. Je vous conjure, par la satisfaction que j'ai de vous voir si bien manger, de ne rien laisser de ce mets, puisque vous le trouvez si fort à votre goût. » Peu de temps après, il demanda une oie à la sauce douce, accommodée avec du vinaigre, du miel, des raisins secs, des pois chiches et des figues sèches; ce qui fut apporté comme le plat de viande de mouton. « L'oie est bien grasse, dit le Barmecide; mangez-en seulement une cuisse et une aile. Il faut ménager votre appétit; car il nous revient encore beaucoup d'autres choses. » Effectivement, il demanda plusieurs autres plats de différentes sortes, dont mon frère, en mourant de faim, continua de faire semblant de manger. Mais ce qu'il vanta plus que tout le reste, fut un agneau nourri de pistaches, qu'il ordonna qu'on servît, et qui fut servi de même que les plats précédens. « Oh! pour ce mets, dit le seigneur Barmecide, c'est un mets dont on ne mange point ailleurs que chez moi! Je veux que vous vous en rassasiez. » En disant cela, il fit comme s'il eût eu un morceau à la main, et l'approchant de la bouche de mon frère : « Tenez, lui dit-il, avalez cela : vous allez juger si j'ai tort de vous vanter ce plat. » Mon frère allongea la tête, ouvrit la bouche, feignit de prendre le morceau, de le mâcher et de l'avaler avec un extrême plaisir. « Je savais bien, reprit le Barmecide, que vous le trouveriez bon. » « Rien au monde n'est plus exquis, repartit mon f rère : franchement, c'est une chose délicieuse que votre table. » « Qu'on apporte à présent le ragoût ! s'écria le Barmecide. Je crois que vous n'en serez pas moins content que de l'agneau. Hé bien ! qu'en pensez-vous ? » « Il est merveilleux, répondit Schacabac : on y sent tout à la fois l'ambre, le clou de girofle, la muscade, le gingembre, le poivre, et les herbes les plus odorantes ; et toutes ces odeurs sont si bien ménagées, que l'une n'empêche pas qu'on ne sente l'autre ! Quelle volupté ! » « Faites honneur à ce ragoût, répliqua le Barmecide ; mangez-en donc, je vous en prie. Hola ! garçon ? ajouta-t-il

en haussant la voix, qu'on nous donne
un nouveau ragoût. » « Non pas, s'il
vous plaît, interrompit mon frère : en
vérité, Seigneur, il n'est pas possible que
je mange davantage ; je n'en puis plus. »

Qu'on desserve donc, dit alors le Barmecide, et qu'on apporte les fruits. » Il
attendit un moment, comme pour donner le temps aux officiers de desservir ;
après quoi, reprenant la parole : « Goûtez de ces amandes, poursuivit-il : elles
sont bonnes et fraîchement cueillies. » Ils
firent l'un et l'autre de même que s'ils
eussent ôté la peau des amandes, et qu'ils
les eussent mangées. Après cela, le Barmecide invitant mon frère à prendre d'autres choses : « Voilà, lui dit-il, de toutes
sortes de fruits, des gâteaux, des confitures sèches, des compotes. Choisissez ce
qu'il vous plaira. « Puis avançant la main,
comme s'il lui eût présenté quelque chose :
« Tenez, continua-t-il, voici une tablette
excellente pour aider à faire la digestion. »
Schacabac fit semblant de prendre et de
manger. « Seigneur, dit-il, le musc n'y
manque pas ! » « Ces sortes de tablettes

se font chez moi, répondit le Barmécide ; et en cela, comme en tout ce qui se fait dans ma maison, rien n'est épargné. » Il excita encore mon frère à manger : « Pour un homme, poursuivit-il, qui étiez encore à jeun lorsque vous êtes entré ici, il me paraît que vous n'avez guère mangé. » « Seigneur, lui repartit mon frère, qui avait mal aux mâchoires à force de mâcher à vide, je vous assure que je suis tellement rempli, que je ne saurais manger un seul morceau de plus. »

« Mon hôte, reprit le Barmécide, après avoir si bien mangé, il faut que nous buvions *. Vous boirez bien du vin ? » « Seigneur, lui dit mon frère, je ne boirai pas de vin, s'il vous plaît, puisque cela m'est défendu. » « Vous êtes trop scrupuleux, répliqua le Barmécide : faites comme moi. » « J'en boirai donc par complaisance, répartit Schacabac. A ce que je vois, vous voulez que rien ne manque à votre festin. Mais comme je ne suis point accoutumé à

---

* Les Orientaux, et particulièrement les mahométans, ne boivent qu'après le repas.

boire du vin, je crains de commettre quelque faute contre la bienséance, et même
contre le respect qui vous est dû ; c'est
pourquoi je vous prie encore de me dispenser de boire du vin ; je me contenterai
de boire de l'eau. » « Non, non, dit
le Barmecide, vous boirez du vin. » En
même temps il commanda qu'on en apportât ; mais le vin ne fut pas plus réel
que la viande et les fruits. Il fit semblant
de se verser à boire, et de boire le premier ; puis faisant semblant de verser à
boire pour mon frère, et de lui présenter
le verre : « Buvez à ma santé, lui dit-il :
sachons un peu si vous trouverez ce vin
bon. » Mon frère feignit de prendre le
verre, de le regarder de près, comme
pour voir si la couleur du vin était belle,
et de se le porter au nez, pour juger si
l'odeur en était agréable ; puis il fit une
profonde inclination de tête au Barmecide, pour lui marquer qu'il prenait la
liberté de boire à sa santé, et enfin il fit
semblant de boire avec toutes les dé-
monstrations d'un homme qui boit avec
plaisir. « Seigneur, dit-il, je trouve ce

vin excellent ; mais il n'est pas assez fort,
ce me semble. » « Si vous en souhaitez
qui ait plus de force, répondit le Barmecide, vous n'avez qu'à parler : il y en a
dans ma cave de plusieurs sortes. Voyez
si vous serez content de celui-ci. » A ces
mots, il fit semblant de se verser d'un
autre vin à lui-même, et puis à mon frère.
Il fit cela tant de fois, que Schacabac,
feignant que le vin l'avait échauffé, con-
trefit l'homme ivre, leva la main, et
frappa le Barmecide à la tête si rudement, qu'il le renversa par terre. Il voulut
même le frapper encore ; mais le Barmecide, présentant la main pour éviter le
coup, lui cria : « Etes-vous fou ? » Alors
mon frère se retenant, lui dit : « Seigneur, vous avez eu la bonté de recevoir
chez vous votre esclave, et de lui donner
un grand festin : vous deviez vous contenter de m'avoir fait manger ; il ne fallait pas me faire boire du vin, car je vous
avais bien dit que je pourrais vous manquer de respect. J'en suis très-fâché, et
je vous en demande mille pardons. »

A peine eut-il achevé ces paroles, que

le Barmecide, au lieu de se mettre en colère, se prit à rire de toute sa force. « Il y a long-temps, lui dit-il, que je cherche un homme de votre caractère..... »

« Mais, Sire, dit Scheherazade au Sultan des Indes, je ne prends pas garde qu'il est jour. » Schahriar se leva aussitôt ; et la nuit suivante, la Sultane continua de parler dans ces termes :

~~~~~~~~~~~~~~~~~~~~~~~~~~~~~~~~~~~~

CLXXXII^e NUIT.

Sire, le barbier poursuivant l'histoire de son sixième frère :

Le Barmecide, ajouta-t-il, fit mille caresses à Schacabac. « Non-seulement, lui dit-il, je vous pardonne le coup que vous m'avez donné, je veux même désormais que nous soyons amis, et que vous n'ayez pas d'autre maison que la mienne. Vous avez eu la complaisance de vous accommoder à mon humeur, et la patience de soutenir la plaisanterie jusqu'au bout ; mais nous allons manger réellement. » En achevant ces paroles, il frappa des mains, et commanda à plusieurs domestiques, qui parurent, d'apporter la table et de servir. Il fut obéi promptement, et mon frère fut régalé des mêmes mets dont il n'avait goûté qu'en idée. Lorsqu'on eut desservi, on apporta du vin; et en même temps, un nombre d'esclaves, belles et richement habillées, entrèrent et chantèrent au son des instrumens quelques airs agréables. Enfin, Schacabac eut tout sujet d'être content des bontés et des honnêtés du Barmecide, qui le goûta, en usa avec lui familièrement, et lui fit donner un habit de sa garde-robe.

Le Barmecide trouva dans mon frère tant d'esprit et une si grande intelligence en toutes choses, que peu de jours après il lui confia le soin de toute sa maison et de toutes ses affaires. Mon frère s'acquitta fort bien de son emploi durant vingt années. Au bout de ce temps-là, le généreux Barmecide, accablé de vieillesse, mourut; et n'ayant pas laissé d'héritiers, on confisqua tous ses biens au profit du prince. On dépouilla mon frère de tous ceux qu'il avait amassés; de sorte que, se voyant réduit à son premier état , il se joignit à une caravane de pélerins de la Mecque , dans le dessein de faire ce péle- rinage à la faveur de leurs charités. Par malheur , la caravane fut attaquée et pillée par un nombre de Bédouins * su- périeur à celui des pélerins. Mon frère se trouva esclave d'un Bédouin qui lui donna la bastonnade pendant plusieurs jours , pour l'obliger à se racheter. Scha- cabac lui protesta qu'il le maltraitait inu- tilement. « Je suis votre esclave , lui disait-il : vous pouvez disposer de moi à votre volonté ; mais je vous déclare que je suis dans la dernière pauvreté , et qu'il n'est pas en mon pouvoir de me racheter. » Enfin , mon frère eut beau lui exposer toute sa misère , et tâcher de le fléchir par ses larmes , le Bédouin fut impitoya- ble ; et de dépit de se voir frustré d'une somme considérable sur laquelle il avait compté , il prit son couteau , et lui fendit

---

* Les Bédouins sont des Arabes errans dans les déserts, qui pillent les caravanes, quand elles ne sont pas assez fortes pour leur résister.

les lèvres, pour se venger, par cette in-
humanité, de la perte qu'il croyait avoir
faite.

Le Bédouin avait une femme assez
jolie, et souvent, quand il allait faire ses
courses, il laissait mon frère seul avec
elle. Alors la femme n'oubliait rien pour
consoler mon frère de la rigueur de l'es-
clavage. Elle lui faisait assez connaître
qu'elle l'aimait ; mais il n'osait répondre
à sa passion, de peur de s'en repentir,
et il évitait de se trouver seul avec elle,
autant qu'elle cherchait l'occasion d'être
seule avec lui. Elle avait une si grande
habitude de badiner et de jouer avec le
cruel Schacabac toutes les fois qu'elle le
voyait, que cela lui arriva un jour en présence de son mari. Mon frère, sans prendre
garde qu'il les observait, s'avisa, pour ses
péchés, de badiner aussi avec elle. Le
Bédouin s'imagina aussitôt qu'ils vivaient
tous deux dans une intelligence criminelle ;
et ce soupçon le mettant en fureur, il se
jeta sur mon frère ; et après l'avoir mu-
tilé d'une manière barbare, il le conduisit
sur un chameau au haut d'une montagne

déserte, où il le laissa. La montagne était
sur le chemin de Bagdad ; de sorte que
les passans qui l'avaient rencontré, me
donnèrent avis du lieu où il était. Je m'y
rendis en diligence. Je trouvai l'infortuné
Schacabac dans un état déplorable. Je lui
donnai le secours dont il avait besoin , et
le ramenai dans la ville.

Voilà ce que je racontai au calife Mostanser Billah , ajouta le barbier. Ce prince
m'applaudit par de nouveaux éclats de
rire. « C'est présentement, me dit-il, que
je ne puis douter qu'on ne vous ait donné,
à juste titre , le surnom de silencieux :
personne ne peut dire le contraire. Pour
certaines causes, néanmoins, je vous commande de sortir au plus tôt de la ville.
Allez, et que je n'entende plus parler de
vous. » Je cédai à la nécessité, et voya-
geai plusieurs années dans des pays éloignés. J'appris enfin que le calife était mort;
je retournai à Bagdad, où je ne trouvai
pas un seul de mes frères en vie. Ce fut à
mon retour en cette ville que je rendis au
jeune boiteux le service important que
vous avez entendu. Vous êtes pourtant

témoins de son ingratitude , et de la manière injurieuse dont il ma traité. Au lieu
de me témoigner de la reconnaissance , il
a mieux aimé me fuir et s'éloigner de son
pays. Quand j'eus appris qu'il n'était plus
à Bagdad , quoique personne ne me sût
dire au vrai de quel côté il avait tourné
ses pas , je ne laisai pas toutefois de me
mettre en chemin pour le chercher. Il y a
long-temps que je cours de province en
province ; et lorsque j'y pensais le moins ,
je l'ai rencontré aujourd'hui. Je ne m'attendais pas à le voir si irrité contre moi.... »

Scheherazade , en cet endroit, s'apercevant qu'il était jour , se tut ; et la nuit
suivante , elle reprit le fil de son discours
de cette sorte :

~~~~~~

CLXXXIIIᵉ NUIT.

Sire, le tailleur acheva de raconter au
Sultan de Casgar l'histoire du jeune boiteux et du barbier de Bagdad , de la manière que j'eus l'honneur de dire hier à
Votre Majesté :

Quand le barbier, continua-t-il, eut
fini son histoire, nous trouvâmes que le
jeune homme n'avait pas eu tort de l'ac-
cuser d'être un grand parleur. Néanmoins
nous voulûmes qu'il demeurât avec nous,
et qu'il fût du régal que le maître de la
maison nous avait préparé. Nous nous
mîmes donc à table, et nous nous réjouîmes
jusqu'à la prière d'entre le midi et le coucher du soleil. Alors toute la compagnie
se sépara, et je vins travailler à ma
boutique, en attendant qu'il fût temps de
m'en retourner chez moi.

Ce fut dans cet intervalle que le petit
bossu, à demi ivre, se présenta devant ma
boutique, qu'il chanta et joua de son tam-
bour de basque. Je crus qu'en l'emmenant
au logis avec moi, je ne manquerais pas
de divertir ma femme; c'est pourquoi je
l'emmenai. Ma femme nous donna un plat
de poisson, et j'en servis un morceau au
bossu, qui le mangea sans prendre garde
qu'il y avait une arête. Il tomba devant
nous sans sentiment. Après avoir envain
essayé de le secourir, dans l'embarras où
nous mit un accident si funeste, et dans

la crainte qu'il nous causa, nous n'hési-
tâmes point à porter le corps hors de chez
nous, et nous le fîmes adroitement recevoir chez le médecin juif. Le médecin juif
le descendit dans la chambre du pourvoyeur, et le pourvoyeur le porta dans la
rue, où on a cru que le marchand l'avait
tué. Voilà, Sire, ajouta le tailleur, ce
que j'avais à dire pour satisfaire Votre
Majesté. C'est à elle à prononcer si nous
sommes dignes de sa clémence ou de sa
colère, de la vie ou de la mort.

Le Sultan de Casgar laissa voir sur son
visage un air content, qui redonna la vie
au tailleur et à ses camarades. « Je ne
puis disconvenir, dit-il, que je ne sois
plus frappé de l'histoire du jeune boiteux,
de celle du barbier, et des aventures de
ses frères, que de l'histoire de mon bouffon.
Mais avant que de vous renvoyer chez
vous tous quatre, et qu'on enterre le
corps du bossu, je voudrais voir ce barbier qui est cause que je vous pardonne.
Puisqu'il se trouve dans ma capitale, il
est aisé de contenter ma curiosité. » En
même temps il dépêcha un huissier pour

l'aller chercher avec le tailleur, qui savait où il pourrait être.

L'huissier et le tailleur revinrent bientôt, et amenèrent le barbier, qu'ils présentèrent au Sultan. Le barbier, était un vieillard qui pouvait avoir quatre-vingt-dix ans. Il avait la barbe et les sourcils blancs comme neige, les oreilles pendantes et le nez fort long. Le Sultan ne put s'empêcher de rire en le voyant. « Homme silencieux, lui dit-il, j'ai appris que vous saviez des histoires merveilleuses, voudriez-vous bien m'en raconter quelques-unes ? » « Sire, lui répondit le barbier, laissons là, s'il vous plaît, pour le présent, les histoires que je puis savoir. Je supplie très-humblement Votre Majesté de me permettre de lui demander ce que font ici devant elle ce Chrétien, ce Juif, ce Musulman, et ce bossu mort que je vois là étendu par terre ? » Le Sultan sourit de la liberté du barbier, et lui répliqua : « Qu'est-ce que cela vous importe ? » « Sire, repartit le barbier, il m'importe de faire la demande que je fais, afin que Votre Majesté sache que je ne suis pas un

grand parleur, comme quelques-uns le
prétendent, mais un homme justement
appelé le silencieux..... »

Scheherazade, frappée par la clarté du
jour, qui commençait à éclairer l'appartement du sultan des Indes, garda, le
silence en cet endroit, et reprit son discours la nuit suivante en ces termes:

CLXXXIVe NUIT.

Sire, le sultan de Casgar eut la complaisance de satisfaire la curiosité du barbier. Il commanda qu'on lui racontât l'histoire du petit bossu, puisqu'il paraissait
le souhaiter avec ardeur. Lorsque le barbier l'eut entendue, il branla la tête,
comme s'il eût voulu dire qu'il y avait
là-dessous quelque chose de caché qu'il ne
comprenait pas. « Véritablement, s'écria-
t-il, cette histoire est surprenante; mais
je suis bien aise d'examiner de près ce
bossu. » Il s'en approcha, s'assit par terre,
prit la tête sur ses genoux; et après l'avoir
attentivement regardée, il fit tout à coup

un si grand éclat de rire, et avec si peu de
retenue, qu'il se laissa aller sur le dos à
la renverse, sans considérer qu'il était
devant le sultan de Casgar. Puis se rele-
vant sans cesser de rire : « On le dit bien,
et avec raison, s'écria-t-il encore, qu'on
ne meurt pas sans cause. Si jamais histoire
a mérité d'être écrite en lettres d'or, c'est
celle de ce bossu. »

À ces paroles, tout le monde regarda le
barbier comme un bouffon, ou comme un
vieillard qu avait l'esprit égaré. « Homme
silencieux, lui dit le Sultan, parlez-moi :
qu'avez vous à rire si fort ? » « Sire,
répondit le barbier, je jure par l'humeur
bienfaisante de Votre Majesté, que ce
bossu n'est pas mort : il est encore en vie;
et je veux passer pour un extravagant, si
je ne vous le fais voir à l'heure même. »
En achevant ces mots, il prit une boîte, où
il y avait plusieurs remèdes, qu'il portait
sur lui pour s'en servir dans l'occasion, et
il en tira une petite fiole balsamique dont
il frotta long-temps le cou du bossu. Ensuite il prit dans son étui un ferrement
fort propre qu'il lui mit entre les dents;

et après lui avoir ouvert la bouche, il lui
enfonça dans le gosier de petites pincettes,
avec quoi il tira le morceau de poisson et
l'arête qu'il fit voir à tout le monde. Aussitôt le bossu éternua, étendit les bras et
les pieds, ouvrit les yeux, et donna plusieurs autres signes de vie.

Le sultan de Casgar et tous ceux qui
furent témoins d'une si belle opération,
furent moins surpris de voir revivre le
bossu, après avoir passé une nuit entière
et la plus grande partie du jour sans donner aucun signe de vie, que du mérite et
de la capacité du barbier, qu'on commença, malgré ses défauts, à regarder
comme un grand personnage. Le Sultan,
ravi de joie et d'admiration, ordonna que
l'histoire du bossu fût mise par écrit avec
celle du barbier, afin que la mémoire,
qui méritait si bien d'être conservée, ne
s'en éteignît jamais. Il n'en demeura pas
là : pour que le tailleur, le médecin juif,
le pourvoyeur et le marchand chrétien ne
se ressouvinssent qu'avec plaisir de l'a-
venture que l'accident du bossu leur avait
causée, il ne les renvoya chez eux qu'a-

près leur avoir donné à chacun une robe
fort riche dont il les fit revêtir en sa présence. A l'égard du barbier, il l'honora
d'une grosse pension, et le retint auprès
de sa personne.

La sultane Scheherazade finit ainsi cette
longue suite d'aventures, auxquelles la
prétendue mort du bossu avait donné occasion. Comme le jour paraissait déjà,
elle se tut; et sa chère sœur Dinarzade,
voyant qu'elle ne parlait plus, lui dit :
« Ma princesse, ma Sultane, je suis d'autant plus charmée de l'histoire que vous
venez d'achever, qu'elle finit par un inci-
dent à quoi je ne m'attendais pas. J'avais
cru le bossu mort absolument. » « Cette
surprise m'a fait plaisir, dit Schahriar,
aussi bien que les aventures des frères du
barbier. » « L'histoire du jeune boiteux
de Bagdad m'a encore fort divertie, reprit Dinarzade. » « J'en suis bien aise, ma
chère sœur, dit la Sultane; et puisque j'ai
eu le bonheur de ne pas ennuyer le Sultan, notre seigneur et maître, si Sa Majesté me faisait encore la grâce de me
conserver la vie, j'aurais l'honneur de lui

raconter demain l'histoire des amours d'A-
boulhassan Ali Ebn Becar et de Schemselnihar, favorite du calife Haroun Alras-
chid, qui n'est pas moins digne de son
attention et de la vôtre que l'histoire du
bossu. » Le sultan des Indes, qui était
assez content des choses dont Scheherazade l'avait entretenu jusqu'alors, se laissa
aller au plaisir d'entendre encore l'histoire qu'elle lui promettait.

Il se leva pour faire sa prière et tenir
son conseil, sans toutefois rien témoigner
de sa bonne volonté à la Sultane.

~~~~~~

CLXXXV^e NUIT.

Dinarzade, toujours soigneuse d'éveiller
sa sœur, l'appela cette nuit à l'heure ordinaire : « Ma chère sœur, lui dit-elle, le
jour paraîtra bientôt; je vous supplie, en
attendant, de nous raconter quelqu'une
de ces histoires agréables que vous savez. »
« Il n'en faut pas chercher d'autre, dit
Schahriar, que celle des amours d'Aboulhassan Ali Ebn Becar et de Schemsel-

nihar, favorite du calife Haroun Alras-
chid. » « Sire, dit Scheherazade, je vais
contenter votre curiosité. » En même
temps, elle commença de cette manière :

HISTOIRE

D'ABOULHASSAN ALI EBN BECAR ET DE SCHEMSELNIHAR, FAVORITE DU CALIFE HAROUN ALRASCHID.

Sous le règne du calife Haroun Alras-
chid, il y avait à Bagdad un droguiste
qui se nommait Aboulhassan Ebn Thaher,
homme puissamment riche, bien fait, et
très-agréable de sa personne. Il avait plus
d'esprit et de politesse que n'en ont ordinairement les gens de sa profession ; et sa
droiture, sa sincérité, et l'enjouement de
son humeur le faisaient aimer et rechér-
cher de tout le monde. Le calife, qui connaissait son mérite, avait en lui une confiance aveugle. Il l'estimait tant, qu'il se
reposait sur lui du soin de faire fournir
aux dames ses favorites toutes les choses
dont elles pouvaient avoir besoin. C'était

lui qui choisissait leurs habits, leurs amen-
blemens et leurs pierreries : ce qu'il faisait avec un goût admirable.

Ses bonnes qualités et la faveur du calife attiraient chez lui les fils des émirs et
des autres officiers du premier rang; sa
maison était le rendez-vous de toute la
noblesse de la Cour. Mais parmi les jeunes seigneurs qui l'allaient voir tous les
jours, il y en avait un qu'il considérait
plus que tous les autres, et avec lequel
il avait contracté une amitié particulière.
Ce seigneur s'appelait Aboulhassan Ali
Ebn Becar, et tirait son origine d'une
ancienne famille royale de Perse. Cette
famille subsistait encore à Bagdad depuis
que, par la force de leurs armes, les Musulmans avaient fait la conquête de ce
royaume. La nature semblait avoir pris
plaisir à assembler dans ce jeune prince
les plus rares qualités du corps et de l'esprit : il avait le visage d'une beauté achevée, la taille fine, un air aisé, et une physionomie si engageante, qu'on ne pouvait
le voir sans l'aimer d'abord. Quand il parlait, il s'exprimait toujours en des termes

propres et choisis, avec un tour agréable
et nouveau; le son de sa voix avait même
quelque chose qui charmait tous ceux qui
l'entendaient. Avec cela, comme il avait
beaucoup d'esprit et de jugement, il pen-
sait et parlait de toutes choses avec une
justesse admirable. Il avait tant de retenue
et de modestie, qu'il n'avançait rien qu'a-
près avoir pris toutes les précautions possibles pour ne pas donner lieu de soupçonner qu'il préférât son sentiment à celui
des autres.

Etant fait comme je viens de le représenter, il ne faut pas s'étonner si Ebn
Thaher l'avait distingué des autres jeunes
seigneurs de la Cour, dont la plupart
avaient les vices opposés à ses vertus. Un
jour que ce prince était chez Ebn Thaher,
ils virent arriver une dame montée sur
une mule noire et blanche, au milieu de
dix femmes esclaves qui l'accompagnaient
à pied, toutes fort belles, autant qu'on
en pouvait juger à leur air, et au travers
du voile qui leur couvrait le visage. La
dame avait une ceinture couleur de rose,
large de quatre doigts, sur laquelle écla-

taient des perles et des diamans d'une grosseur extraordinaire ; et pour sa beauté, il était aisé de voir qu'elle surpassait celle de ses femmes, autant que la pleine lune surpasse le croissant qui n'est que de deux jours. Elle venait de faire quelque emplette ; et comme elle avait à parler à Ebn Thaher, elle entra dans sa boutique, qui était propre et spacieuse, et il la reçut avec toutes les marques du plus profond respect, en la priant de s'asseoir, et lui montrant de la main la place la plus honorable.

Cependant le prince de Perse ne voulant pas laisser passer une si belle occasion de faire voir sa politesse et sa galanterie, accommodait le coussin d'étoffe à fond d'or qui devait servir d'appui à la dame. Après quoi il se retira promptement pour qu'elle s'assît. Ensuite, l'ayant saluée en baisant le tapis à ses pieds, il se releva et demeura debout devant elle au bas du sofa. Comme elle en usait librement chez Ebn Thaher, elle ôta son voile, et fit briller, aux yeux du prince de Perse, une beauté si extraordinaire, qu'il en fut

frappé jusqu'au cœur. De son côté, la
dame ne put s'empêcher de regarder le
prince, dont la vue fit sur elle la même
impression. « Seigneur, lui dit-elle d'un
air obligeant, je vous prie de vous asseoir. » Le prince de Perse obéit, et s'assit sur le bord du sofa. Il avait toujours
les yeux attachés sur elle, et il avalait à
longs traits le doux poison de l'amour.
Elle s'aperçut bientôt de ce qui se passait
en son ame ; et cette découverte acheva
de l'enflammer pour lui. Elle se leva,
s'approcha d'Ebn Thaher, et après lui
avoir dit tout bas le motif de sa venue,
elle lui demanda le nom et le pays du
prince de Perse. « Madame, lui répondit
Ebn Thaher, ce jeune seigneur dont vous
me parlez, se nomme Aboulhassan Ali
Ebn Becar, et est prince de race royale. »
La dame fut ravie d'apprendre que la
personne qu'elle aimait déjà passionné-
ment, fût d'une si haute condition. « Vous
voulez dire, sans doute, reprit-elle, qu'il
descend des rois de Perse ? » « Oui, Madame, repartit Ebn Thaher, les derniers
rois de Perse sont ses ancêtres. Depuis la

conquête de ce royaume, les princes de
sa maison se sont toujours rendus recom-
mandables à la Cour de nos califes. »
« Vous me faites un grand plaisir, dit-
elle, de me faire connaître ce jeune seigneur. Lorsque je vous enverrai cette
femme, ajouta-t-elle en lui montrant une
de ses esclaves, pour vous avertir de me
venir voir, je vous prie de l'amener avec
vous. Je suis bien aise qu'il voie la magnificence de ma maison, afin qu'il puisse
publier que l'avarice ne règne point à Bagdad parmi les personnes de qualité. Vous
entendez bien ce que je vous dis? N'y
manquez pas ; autrement je serai fâchée
contre vous, et ne reviendrai ici de ma
vie. »

Ebn Thaher avait trop de pénétration
pour ne pas juger, par ces paroles, des
sentimens de la dame. « Ma Princesse, ma
Reine, repartit-il, Dieu me préserve de
vous donner jamais aucun sujet de colère
contre moi! Je me ferai toujours une loi
d'exécuter vos ordres. » A cette réponse,
la dame prit congé d'Ebn Thaher, en lui
faisant une inclination de tête; et après

avoir jeté au prince de Perse un regard
obligeant, elle remonta sur sa mule.

La sultane Scheherazade se tut en cet
endroit, au grand regret du sultan des
Indes, qui fut obligé de se lever à cause
du jour, qui paraissait. Elle continua
cette histoire la nuit suivante, et dit à
Schahriar :

~~~~~~

CLXXXVIᵉ NUIT.

SIRE, le prince de Perse, éperdument
amoureux de la dame, la conduisit des
yeux tant qu'il put la voir, et il y avait
déjà long-temps qu'il ne la voyait plus,
qu'il avait encore la vue tournée du côté
qu'elle avait pris. Ebn Thaher l'avertit
qu'il remarquait que quelques personnes
l'observaient, et commençaient à rire de
le voir en cette attitude. « Hélas ! lui dit
le prince, le monde et vous auriez compassion de moi, si vous saviez que la
belle dame qui vient de sortir de chez
vous, emporte avec elle la meilleure partie de moi-même, et que le reste cherche

à n'en pas demeurer séparé! Apprenez-
moi, je vous en conjure, ajouta-t-il, quelle
est cette dame tyrannique qui force les
gens à l'aimer, sans leur donner le temps
de se consulter? » « Seigneur, lui répondit
Ebn Thaher, c'est la fameuse Schemselnihar*, la première favorite du calife
notre maître. » « Elle est ainsi nommée
avec justice, interrompit le prince, puisqu'elle est plus belle que le soleil dans un
jour sans nuage. » « Cela est vrai, répliqua Ebn Thaher : aussi le Commandeur
des croyans l'aime, ou plutôt l'adore. Il
m'a commandé très-expressément de lui
fournir tout ce qu'elle me demandera,
et même de la prévenir, autant qu'il me
sera possible, en tout ce qu'elle pourra
désirer. »

Il lui parlait de la sorte, afin d'empêcher qu'il ne s'engageât dans un amour
qui ne pouvait être que malheureux; mais
cela ne servit qu'à l'enflammer davantage. « Je m'étais bien douté, charmante
Schemselnihar, s'écria-t-il, qu'il ne me

---

* Ce mot arabe signifie le soleil du jour.

serait pas permis d'élever jusqu'à vous ma pensée. Je sens bien toutefois, quoique sans espérance d'être aimé de vous, qu'il ne sera pas en mon pouvoir de cesser de vous aimer. Je vous aimerai donc, et je bénirai mon sort d'être l'esclave de l'objet le plus beau que le soleil éclaire. »

Pendant que le prince de Perse consacrait ainsi son cœur à la belle Schemselnihar, cette dame, en s'en retournant chez elle, songeait aux moyens de voir le prince, et de s'entretenir en liberté avec lui. Elle ne fut pas plutôt rentrée dans son palais, qu'elle envoya à Ebn Thaher celle de ses femmes qu'elle lui avait montrée, et à qui elle avait donné toute sa confiance, pour lui dire de la venir voir, sans différer, avec le prince de Perse. L'esclave arriva à la boutique d'Ebn Thaher, dans le temps qu'il parlait encore au prince, et qu'il s'efforçait de le dissuader, par les raisons les plus fortes, d'aimer la favorite du calife. Comme elle les vit ensemble : « Seigneur, leur dit-elle, mon honorable maîtresse Schemselnihar, la première favorite du Comman-

deur des croyans, vous prie de venir à
son palais, où elle vous attend. » Ebn Tha-
lier, pour marquer combien il était prompt
à obéir, se leva aussitôt sans rien répondre
à l'esclave ; et s'avança pour la suivre,
non sans quelque répugnance. Pour le
prince, il la suivit, sans faire réflexion
au péril qu'il y avait dans cette visite. La
présence d'Ebn Thaher, qui avait l'entrée
chez la favorite, le mettait là-dessus hors
d'inquiétude. Ils suivirent donc l'esclave,
qui marchait un peu devant eux. Ils entrèrent après elle dans le palais du calife,
et la joignirent à la porte du petit palais
de Schemselnihar, qui était déjà ouverte.
Elle les introduisit dans une grande salle,
où elle les pria de s'asseoir.

Le prince de Perse se crut dans un de
ces palais délicieux qu'on nous promet
dans l'autre monde. Il n'avait encore rien
vu qui approchât de la magnificence du
lieu où il se trouvait. Les tapis de pied,
les coussins d'appui et les autres accompagnemens du sofa, avec les ameuble-
mens, les ornemens et l'architecture,
étaient d'une beauté et d'une richesse

surprenantes. Peu de temps après qu'ils se
furent assis, Ebn Thaher et lui, une esclave noire, fort propre, leur servit une
table couverte de plusieurs mets très-dé-
licats, dont l'odeur admirable faisait juger de la finesse des assaisonnemens. Pendant qu'ils mangèrent, l'esclave qui les
avait amenés ne les abandonna point : elle
prit un grand soin de les inviter à manger
des ragoûts qu'elle connaissait pour les
meilleurs; d'autres esclaves leur versèrent
d'excellent vin sur la fin du repas. Ils
achevèrent enfin, et on leur présenta à
chacun séparément un bassin et un beau
vase d'or plein d'eau pour se laver les
mains; après quoi on leur apporta le par-
fum d'aloès dans une cassolette portative
qui était aussi d'or, dont ils se parfumè-
rent la barbe et l'habillement. L'eau de senteur ne fut pas oubliée : elle était dans un
vase d'or enrichi de diamans et de rubis,
fait exprès pour cet usage, et elle leur
fut jetée dans l'une et dans l'autre main,
qu'ils se passèrent sur la barbe et sur tout
le visage, selon la coutume. Ils se mirent
à leur place; mais ils étaient à peine assis,

que l'esclave les pria de se lever et de la suivre. Elle leur ouvrit une porte de la salle où ils étaient, et ils entrèrent dans un vaste salon d'une structure merveilleuse. C'était un dôme d'une figure des plus agréables, soutenu par cent colonnes d'un beau marbre blanc comme l'albâtre. Les bases et les chapiteaux de ces colonnes étaient ornés d'animaux à quatre pieds, et d'oiseaux dorés de différentes espèces. Le tapis de pied de ce salon extraordinaire, composé d'une seule pièce à fond d'or, rehaussé de bouquets de roses de soie rouges et blanches, et le dôme peint de même à l'arabesque, offraient à la vue un objet des plus charmans. Entre chaque colonne, il y avait un petit sofa garni de la même sorte, avec de grands vases de porcelaine, de cristal, de jaspe, de jaïs, de porphyre, d'agate, et d'autres matiè-res précieuses, garnis d'or et de pierre-ries. Les espaces qui étaient entre les co-lonnes, étaient autant de grandes fenêtres avec des avances à hauteur d'appui, gar-nies de même que les sofas, qui avaient vue sur un jardin, le plus agréable du monde.

Les allées étaient de petits cailloux de différentes couleurs, qui représentaient le tapis de pied du salon en dôme; de manière qu'en regardant le tapis en dedans et en dehors, il semblait que le dôme et le jardin, avec tous les agrémens, fussent sur le même tapis. La vue était terminée à l'entour, le long des allées, par deux canaux d'eau claire comme l'eau de roche, qui gardaient la même figure circulaire que le dôme, et dont l'un, plus élevé que l'autre, laissait tomber son eau en nappe dans le dernier; et de beaux vases de bronze dorés, garnis l'un après l'autre d'arbrisseaux et de fleurs, étaient posés sur celui-ci d'espace en espace. Ces allées faisaient une séparation entre les grands espaces plantés d'arbres droits et touffus, où mille oiseaux formaient un concert mélodieux, et divertissaient la vue par leurs vols divers, et par les combats tantôt innocens et tantôt sanglans qu'ils se livraient dans l'air.

Le prince de Perse et Ebn Thaher s'arrêtèrent long-temps à examiner cette grande magnificence. A chaque chose qui

les frappait, ils s'écriaient pour marquer
leur surprise et leur admiration, particulièrement le prince de Perse, qui n'avait
jamais rien vu de comparable à ce qu'il
voyait alors. Ebn Thaher, quoiqu'il fût
entré quelquefois dans ce bel endroit, ne
laissait pas d'y remarquer des beautés qui
lui paraissaient toutes nouvelles. Enfin,
ils ne se lassaient pas d'admirer tant de
choses singulières, et ils en étaient encore agréablement occupés, lorsqu'ils aper-
çurent une troupe de femmes richement
habillées. Elles étaient toutes assises au-
dehors et à quelque distance du dôme,
chacune sur un siége de bois de platane
des Indes, enrichi de fil d'argent à com-
partimens ; avec un instrument de musi-
que à la main ; et elles n'attendaient que
le moment qu'on leur commandât d'en
jouer.

Ils allèrent tous deux se mettre dans
l'avance, d'où on les voyait en face; et en
regardant à la droite, ils virent une grande
cour d'où l'on montait au jardin par des
degrés, et qui était environnée de très-
beaux appartemens. L'esclave les avait

quittés; et comme ils étaient seuls, ils
s'entretinrent quelque temps. « Pour vous,
qui êtes un homme sage, dit le prince de
Perse, je ne doute pas que vous ne regar-
diez avec bien de la satisfaction toutes ces
marques de grandeur et de puissance. A
mon égard, je ne pense pas qu'il y ait
rien au monde de plus surprenant; mais
quand je viens à faire réflexion que c'est
ici la demeure éclatante de la trop aimable Schemselnihar, et que c'est le premier
monarque de la terre qui l'y retient, je
vous avoue que je me crois le plus infortuné de tous les hommes. Il me paraît
qu'il n'y a point de destinée plus cruelle
que la mienne, d'aimer un objet soumis à
mon rival, et dans un lieu où ce rival est
si puissant, que je ne suis pas même en
ce moment assuré de ma vie. »

Scheherazade n'en dit pas davantage
cette nuit, parce qu'elle vit paraître le
jour. Le lendemain elle reprit la parole,
et dit au sultan des Indes :

~~~~~~

CLXXXVII^e NUIT.

SIRE, Ebn Thaher entendant parler le prince de Perse de la manière que je disais hier à Votre Majesté, lui dit : « Seigneur, plût à Dieu que je pusse vous donner des assurances aussi certaines de l'heureux succès de vos amours, que je le puis de la sûreté de votre vie! Quoique ce palais superbe appartienne au calife, qui l'a fait bâtir exprès pour Schemselnihar, sous le nom de Palais des Plaisirs éternels, et qu'il fasse partie du sien propre, néanmoins il faut que vous sachiez que cette dame y vit dans une entière liberté. Elle n'est point obsédée d'eunuques qui veillent sur ses actions. Elle a sa maison particulière, dont elle dispose absolument. Elle sort de chez elle pour aller dans la ville, sans en demander permission à personne; elle rentre lorsqu'il lui plaît; et jamais le calife ne vient la voir qu'il ne lui ait envoyé auparavant Mesrour, chef de ses eunuques, pour lui en donner avis, et lui dire de se préparer à le recevoir. Ainsi vous devez avoir l'esprit tranquille, et donner toute votre attention au concert dont je vois que Schemselnihar veut vous régaler. »

Dans le temps qu'Ebn Traher achevait ces paroles, le prince de Perse et lui virent venir l'esclave confidente de la favorite, qui ordonna aux femmes qui étaient assises devant eux, de chanter et de jouer de leurs instrumens. Aussitôt elles jouèrent toutes ensemble, comme pour préluder, et quand elles eurent joué quelque temps, une seule commença de chanter, et accompagna sa voix d'un luth dont elle jouait admirablement bien. Comme elle avait été avertie du sujet sur lequel elle devait chanter, les paroles se trouvèrent si conformes aux sentimens du prince de Perse, qu'il ne put s'empêcher de lui applaudir à la fin du couplet. « Serait-il possible, s'écria-t-il, que vous eussiez le don de pénétrer dans les cœurs, et que la connaissance que vous avez de ce qui se passe dans le mien, vous eût obligée à nous donner un essai de votre voix charmante par ces mots? Je ne m'exprimerais pas moi-même en d'autres termes. » La femme ne répondit rien à ce discours. Elle continua, et chanta plusieurs autres couplets dont le prince fut si touché, qu'il en répéta quelques-uns les larmes aux yeux, ce qui faisait assez connaître qu'il s'en appliquait le sens. Quand elle eut achevé tous les couplets, elle et ses compagnes se levèrent, et chantèrent toutes ensemble, en marquant par leurs paroles, que « la pleine lune « allait se lever avec tout son éclat, et « qu'on la verrait bientôt s'approcher du « soleil. » Cela signifiait que Schemselnihar allait paraître, et que le prince de Perse aurait bientôt le plaisir de la voir.

En effet, en regardant du côté de la cour, Ebn Traher et le prince de Perse remarquèrent que l'esclave confidente s'approchait, et qu'elle était suivie de dix femmes noires qui apportaient, avec bien de la peine, un grand trône d'argent massif et admirablement travaillé, qu'elle fit poser devant eux à une certaine distance; après quoi les esclaves noires se

retirèrent derrière les arbres à l'entrée
d'une allée. Ensuite, vingt femmes, toutes
belles et très-richement habillées d'une
parure uniforme, s'avancèrent en deux
files, en chantant et en jouant d'un instrument qu'elles tenaient chacune, et se
rangèrent auprès du trône, autant d'un
côté que de l'autre.

Toutes ces choses tenaient le prince
de Perse et Ebn Thaber dans une attention d'autant plus grande, qu'ils étaient
curieux de savoir à quoi elles se termine-
raient. Enfin, ils virent paraître, à la
même porte par où étaient venues les dix
femmes noires qui avaient apporté le trône, et les vingt autres qui venaient d'arriver, dix autres femmes, également belles
et bien vêtues, qui s'y arrêtèrent quelques momens. Elles attendaient la favorite, qui se montra enfin, et se mit au
milieu d'elles.....

Le jour, qui commençait à éclairer
l'appartement de Schahriar, imposa silence à Scheherazade. La nuit suivante
elle poursuivit ainsi :

~~~~~~

CLXXXVIII^e NUIT.

Schemselnihar se mit donc au milieu des dix femmes qui l'avaient attendue à la porte. Il était aisé de la distinguer, autant par sa taille et par son air majestueux, que par une espèce de manteau d'une étoffe fort légère, or et bleu céleste, qu'elle portait attaché sur ses épaules, par-dessus son habillement, qui était le plus propre, le mieux entendu et le plus magnifique que l'on puisse imaginer. Les perles, les diamans et les rubis qui lui servaient d'ornement, n'étaient pas en confusion; le tout était en petit nombre, mais bien choisi et d'un prix inestimable. Elle s'avança avec une majesté qui ne représentait pas mal le soleil dans sa course au milieu des nuages qui reçoivent sa splendeur sans en cacher l'éclat, et vint s'asseoir sur le trône d'argent qui avait été apporté pour elle.

Dès que le prince de Perse aperçut Schemselnihar, il n'eut plus d'yeux que

pour elle : « On ne demande plus de nouvelles de ce que l'on cherchait, dit-il à
Ebn Thaher, d'abord qu'on le voit, et
l'on n'a plus de doute, sitôt que la vérité
se manifeste. Voyez-vous cette charmante beauté ? C'est l'origine de mes
maux : maux que je bénis, et que je ne
cesserai de bénir, quelque rigoureux et
de quelque durée qu'ils puissent être !
A cet objet, je ne me possède plus moi-
même ; mon ame se trouble, se révolte ;
je sens qu'elle veut m'abandonner. Pars
donc, ô mon ame ! je te le permets ; mais
que ce soit pour le bien et la conserva-
tion de ce faible corps. C'est vous, trop
cruel Ebn Thaher, qui êtes cause de ce
désordre : vous avez cru me faire un grand
plaisir de m'amener ici ; et je vois que
j'y suis venu pour achever de me perdre.
Pardonnez-moi, continua-t-il en se reprenant, je me trompe, j'ai bien voulu
venir, et je ne puis me plaindre que de
moi-même. » Il fondit en larmes en achevant ces paroles. « Je suis bien aise, lui
dit Ebn Thaher, que vous me rendiez
justice. Quand je vous ai appris que

Schemselnihar était la première favorite
du calife, je l'ai fait exprès pour prévenir
cette passion funeste que vous vous plai-
sez à nourrir dans votre cœur. Tout ce
que vous voyez ici doit vous en dégager,
et vous ne devez conserver que des sentimens de reconnaissance de l'honneur
que Schemselnihar a bien voulu vous
faire, en m'ordonnant de vous amener
avec moi. Rappelez donc votre raison
égarée, et vous mettez en état de paraître
devant elle comme la bienséance le demande. La voilà qui s'approche. Si c'était
à recommencer, je prendrais d'autres
mesures ; mais puisque la chose est faite,
je prie Dieu que nous ne nous en repen-
tions pas. Ce que j'ai encore à vous représenter, ajouta-t-il, c'est que l'Amour
est un traître qui peut vous jeter dans un
précipice d'où vous ne vous tirerez jamais. »

Ebn Thaher n'eut pas le temps d'en dire
davantage, parce que Schemselnihar arriva. Elle se plaça sur son trône, et les
salua tous deux par une inclination de tête.
Mais elle arrêta ses yeux sur le prince de

Perse, et ils se parlèrent l'un et l'autre un langage muet entremêlé de soupirs, par lequel en peu de momens ils se dirent plus de choses qu'ils n'en auraient pu se dire en beaucoup de temps. Plus Schemselnihar regardait le prince, plus elle trouvait dans ses regards de quoi se confirmer dans la pensée qu'il ne lui était pas indifférent; et Schemselnihar, déjà persuadée de la passion du prince, s'estimait la plus heureuse personne du monde. Elle détourna enfin les yeux de dessus lui pour commander que les premières femmes qui avaient commencé de chanter, s'approchassent. Elles se levèrent; et pendant qu'elles s'avançaient, les femmes noires, qui sortirent de l'allée où elles étaient, apportèrent leurs siéges et les placèrent près de la fenêtre de l'avance du dôme où étaient Ebn Thaher et le prince de Perse; de manière que les siéges ainsi disposés avec le trône de la favorite et les femmes qu'elle avait à ses côtés, formèrent un demi-cercle devant eux.

Lorsque les femmes qui étaient assises auparavant sur ces siéges, eurent repris

chacune leur place, avec la permission de
Schemselnihar, qui la leur donna par un
signe, cette charmante favorite choisit une
de ses femmes pour chanter. Cette femme,
après avoir employé quelques momens à
mettre son luth d'accord, chanta une chanson dont le sens était : Que deux amans
qui s'aimaient parfaitement, avaient l'un
pour l'autre une tendresse sans bornes ;
que leurs cœurs, en deux corps différens,
n'en faisaient qu'un, et que, lorsque quelqu'obstacle s'opposait à leurs désirs, ils
pouvaient se dire les larmes aux yeux :
« Si nous nous aimons, parce que nous
« nous trouvons aimables, doit-on s'en
« prendre à nous ? Qu'on s'en prenne à
« la destinée ! »

Schemselnihar laissa si bien connaître
dans ses yeux et par ses gestes, que ces
paroles devaient s'appliquer à elle et au
prince de Perse, qu'il ne put se contenir.
Il se leva à demi, et s'avançant par-dessus
le balustre qui lui servait d'appui, il obligea une des compagnes de la femme qui
venait de chanter, de prendre garde à son
action. Comme elle était près de lui ;

« Ecoutez-moi, lui dit-il, et me faites la
grâce d'accompagner de votre luth la
chanson que vous allez entendre. » Alors
il chanta un air dont les paroles tendres
et passionnées exprimaient parfaitement
la violence de son amour. D'abord qu'il
eut achevé, Schemselnihar, suivant son
exemple, dit à une de ses femmes, « Ecoutez-moi aussi, et accompagnez ma voix. »
En même-temps elle chanta d'une manière
qui ne fit qu'embraser davantage le cœur
du prince de Perse, qui ne lui répondit
que par un nouvel air encore plus passionné que celui qu'il avait déjà chanté.

Ces deux amans s'étant déclaré par leurs
chansons leur tendresse mutuelle, Schemselnihar céda à la force de la sienne. Elle
se leva de dessus son trône, tout hors
d'elle-même, et s'avança vers la porte du
salon. Le prince, qui connut son dessein,
se leva aussitôt, et alla au-devant d'elle
avec précipitation. Ils se rencontrèrent
sous la porte, où ils se donnèrent la main,
et s'embrassèrent avec tant de plaisir, qu'ils
s'évanouirent. Ils seraient tombés, si les
femmes qui avaient suivi Schemselnihar ne

ne les en eussent empêchés. Elles les sou-
tinrent et les transportèrent sur un sofa où
elles les firent revenir à force de leur jeter
de l'eau de senteur au visage, et de leur
faire sentir plusieurs sortes d'odeurs.

Quand ils eurent repris leurs esprits, la
première chose que fit Schemselnihar, fut
de regarder de tous côtés ; et comme elle
ne vit pas Ebn Thaher, elle demanda avec
empressement où il était. Ebn Thaher
s'était écarté par respect, tandis que les
femmes étaient occupées à soulager leur
maîtresse, et craignait en lui-même avec
raison quelque suite fâcheuse de ce qu'il
venait de voir. Dès qu'il eut ouï que
Schemselnihar le demandait, il s'avança
et se présenta devant elle....

La sultane Scheherazade cessa de parler en cet endroit, à cause du jour, qui paraissait. La nuit suivante elle poursuivit
de cette manière :

CLXXXIXe NUIT.

SCHEMSELNIHAR fut bien aise de voir Ebn
Thaher. Elle lui témoigna sa joie dans ces

termes obligeans : « Ebn Thaher, je ne
sais comment je pourrai reconnaître les
obligations infinies que je vous ai. Sans
vous, je n'aurais jamais connu le prince
de Perse, ni aimé ce qu'il y a au monde
de plus aimable. Soyez persuadé pourtant que je ne mourrai pas ingrate, et que
ma reconnaissance, s'il est possible, éga-
lera le bienfait dont je vous suis redevable. » Ebn Thaher ne répondit à ce compliment que par une profonde inclination, et qu'en souhaitant à la favorite
l'accomplissement de tout ce qu'elle pouvait désirer.

Schemselnihar se tourna du côté du
prince de Perse, qui était assis auprès
d'elle, et le regardant avec quelque sorte
de confusion, après ce qui s'était passé
entre eux : « Seigneur, lui dit-elle, je suis
bien assurée que vous m'aimez ; et de
quelque ardeur que vous m'aimiez, vous
ne pouvez douter que mon amour ne soit
aussi violent que le vôtre. Mais ne nous
flattons point : quelque conformité qu'il
y ait entre vos sentimens et les miens, je
ne vois, et pour vous et pour moi, que

des peines, que des impatiences, que des
chagrins mortels. Il n'y a pas d'autre remède à nos maux que de nous aimer toujours, de nous en remettre à la volonté
du Ciel, et d'attendre ce qu'il lui plaira
d'ordonner de notre destinée. » « Madame,
lui répondit le prince de Perse, vous me
feriez la plus grande injustice du monde,
si vous doutiez un seul moment de la
durée de mon amour. Il est uni à mon
ame, de manière que je puis dire qu'il en
fait la meilleure partie, et que je le con-
serverai après ma mort. Peines, tourmens,
obstacles, rien ne sera capable de m'empêcher de vous aimer. » En achevant ces
mots, il laissa couler des larmes en abondance, et Schemselnihar ne put retenir
les siennes.

Ebn Thaher prit ce temps-là pour parler à la favorite. « Madame, lui dit - il,
permettez-moi de vous représenter qu'au
lieu de fondre en pleurs, vous devriez
avoir de la joie de vous voir ensemble. Je
ne comprends rien à votre douleur. Que
sera-ce donc lorsque la nécessité vous
obligera de vous séparer? Mais, que dis-

je, vous obligera? Il y a long-temps que
nous sommes ici; et vous savez, Madame,
qu'il est temps que nous nous retirions. »
« Ah! que vous êtes cruel! repartit Schemselnihar : vous qui connaissez la cause de
mes larmes, n'auriez-vous pas pitié du
malheureux état où vous me voyez?
Triste fatalité! Qu'ai-je commis, pour être
soumise à la dure loi de ne pouvoir jouir
de ce que j'aime uniquement? »

Comme elle était persuadée qu'Ebn
Thaher ne lui avait parlé que par amitié,
elle ne lui sut pas mauvais gré de ce qu'il
lui avait dit; elle en profita même. En effet, elle fit un signe à l'esclave sa confidente, qui sortit aussitôt, et apporta peu
de temps après une collation de fruits sur
une petite table d'argent qu'elle posa entre sa maîtresse et le prince de Perse.
Schemselnihar choisit ce qu'il y avait de
meilleur, et le présenta au prince, en le
priant de manger pour l'amour d'elle. Il le
prit, et le porta à sa bouche par l'endroit
qu'elle avait touché. Il présenta à son tour
quelque chose à Schemselnihar, qui le prit
aussi, et le mangea de la même manière,

Elle n'oublia pas d'inviter Ebn Thaher à manger avec eux ; mais se voyant dans un lieu où il ne se croyait pas en sûreté, il aurait mieux aimé être chez lui : il ne mangea que par complaisance. Après qu'on eut desservi, on apporta un bassin d'argent avec de l'eau dans un vase d'or, et ils se lavèrent les mains ensemble. Ils se remirent ensuite à leur place ; et alors trois des dix femmes noires apportèrent chacune une tasse de cristal de roche pleine d'un vin exquis, sur une soucoupe d'or qu'elles posèrent devant Schemselnihar, le prince de Perse et Ebn Thaher.

Pour être plus en particulier, Schemselnihar retint seulement auprès d'elle les dix femmes noires avec dix autres qui savaient chanter et jouer des instrumens ; et après qu'elle eut renvoyé tout le reste elle prit une des tasses, et la tenant à la main, elle chanta des paroles tendres qu'une des femmes accompagna de son luth. Lorsqu'elle eut achevé, elle but ; ensuite elle prit une des deux autres tasses, et la présenta au prince, en le priant de boire pour l'amour d'elle, de même qu'elle

venait de boire pour l'amour de lui. Il la
reçut avec des transports d'amour et de
joie ; mais avant que de boire, il chanta à
son tour une chanson qu'une autre femme
accompagna d'un instrument, et en chantant, les pleurs lui coulèrent des yeux
abondamment ; aussi lui marqua-t-il, par
les paroles qu'il chantait, qu'il ne savait
si c'était le vin qu'elle lui avait présenté
qu'il allait boire, ou ses propres larmes.
Schemselnihar présenta enfin la troisième
tasse à Ebn Thaher, qui la remercia de sa
bonté et de l'honneur qu'elle lui faisait.

A'près cela, elle prit un luth des mains
d'une de ses femmes, et l'accompagna de
sa voix d'une manière si passionnée, qu'il
semblait qu'elle ne se possédait pas ; et le
prince de Perse, les yeux attachés sur
elle, demeura immobile, comme s'il eût
été enchanté. Sur ces entrefaites, l'esclave
confidente arriva tout émue ; s'adressant
à sa maîtresse : « Madame, lui dit - elle,
Mesrour et deux autres officiers, avec plusieurs eunuques qui les accompagnent,
sont à la porte, et demandent à vous parler de la part du calife. » Quand le prince

de Perse et Ebn Thaher eurent entendu
ces paroles, ils changèrent de couleur, et
commencèrent à trembler, comme si leur
perte eût été assurée. Mais Schemselnihar, qui s'en aperçut, les rassura par un
soupir.....

La clarté du jour, qui paraissait, obligea Scheherazade d'interrompre là sa
narration. Elle reprit le lendemain de
cette sorte :

CXCe NUIT.

SCHEMSELNIHAR, après avoir rassuré le
prince de Perse et Ebn Thaher, chargea
l'esclave sa confidente d'aller entretenir
Mesrour et les deux autres officiers du
calife, jusqu'à ce qu'elle se fût mise en
état de les recevoir, et qu'elle lui fît dire
de les amener. Aussitôt elle donna ordre
qu'on fermât toutes les fenêtres du salon,
et qu'on abaissât les toiles peintes qui
étaient du côté du jardin; et après avoir
assuré le prince et Ebn Thaher qu'ils y
pouvaient demeurer sans crainte, elle sor-

tit par la porte qui donnait sur le jardin,
qu'elle tira et ferma sur eux. Mais quelque
assurance qu'elle leur eût donnée de leur
sûreté, ils ne laissèrent pas de sentir les
plus vives alarmes pendant tout le temps
qu'ils furent seuls.

D'abord que Schemselnihar fut dans le
jardin avec les femmes qui l'avaient suivie, elle fit emporter les siéges qui avaient
servi aux femmes qui jouaient des instrumens, à s'asseoir près de la fenêtre, d'où
le prince de Perse et Ebn Thaher les
avaient entendus; et lorsqu'elle vit les
choses dans l'état qu'elle souhaitait, elle
s'assit sur son trône d'argent. Alors elle
envoya avertir l'esclave sa confidente d'a-
mener le chef des eunuques et les deux
officiers ses subalternes.

Ils parurent suivis de vingt eunuques
noirs, tous proprement habillés, avec le
sabre au côté, et une ceinture d'or large
de quatre doigts. De si loin qu'ils aperçu-
rent la favorite Schemselnihar, ils lui firent une profonde révérence, qu'elle leur
rendit de dessus son trône. Quand ils furent plus avancés, elle se leva, et alla au-

devant de Mesrour, qui marchait le premier. Elle lui demanda quelle nouvelle il apportait; il lui répondit : « Madame, le Commandeur des croyans, qui m'envoie vers vous, m'a chargé de vous témoigner qu'il ne peut vivre plus long-temps sans vous voir. Il a dessein de venir vous rendre visite cette nuit; je viens vous en avertir pour vous préparer à le recevoir. Il espère, Madame, que vous le verrez avec autant de plaisir qu'il a d'impatience d'être à vous. »

A ce discours de Mesrour, la favorite Schemselnihar se prosterna contre terre, pour marquer la soumission avec laquelle elle recevait l'ordre du calife. Lorsqu'elle se fut relevée : « Je vous prie, lui dit-elle, de dire au Commandeur des croyans que je ferai toujours gloire d'exécuter les commandemens de Sa Majesté, et que son esclave s'efforcera de la recevoir avec tout le respect qui lui est dû. » En même temps elle ordonna à l'esclave sa confidente de faire mettre le palais en état de recevoir le calife, par les femmes noires destinées à ce ministère. Puis, congédiant le chef des eunuques : « Vous voyez, lui dit-elle, qu'il faudra quelque temps pour préparer toutes choses. Faites en sorte, je vous supplie, qu'il se donne un peu de patience, afin qu'à son arrivée, il ne nous trouve pas dans le désordre. »

Le chef des eunuques et sa suite s'étant retirés, Schemselnihar retourna au salon, extrêmement affligée de la nécessité où elle se voyait de renvoyer le prince de Perse plus tôt qu'elle ne s'y était attendue. Elle le rejoignit les larmes aux yeux; ce qui augmenta la frayeur d'Ebn Thaher, qui en augura quelque chose de sinistre. « Madame, lui dit le prince, je vois bien que vous venez m'annoncer qu'il faut nous séparer. Pourvu que je n'aie rien de plus funeste à redouter, j'espère que le Ciel me donnera la patience dont j'ai besoin pour supporter votre absence. » « Hélas ! mon cher cœur, ma chère ame, interrompit la trop tendre Schemselnihar, que je vous trouve heureux, et que je me trouve malheureuse, quand je compare votre sort avec ma triste destinée ! Vous souffrirez sans doute de ne me voir pas;

mais ce sera toute votre peine, et vous
pourrez vous en consoler par l'espérance
de me revoir. Pour moi, juste Ciel ! à
quelle rigoureuse épreuve suis-je réduite ?
Je ne serai pas seulement privée de la vue
de ce que j'aime uniquement, il me faudra soutenir celle d'un objet que vous
m'avez rendu odieux ! L'arrivée du calife
ne me fera-t-elle pas souvenir de votre
départ ? Et comment, occupée de votre
chère image, pourrai-je montrer à ce
prince la joie qu'il a remarquée dans mes
yeux toutes les fois qu'il m'est venu voir ?
J'aurai l'esprit distrait en lui parlant ; et
les moindres complaisances que j'aurai
pour son amour, seront autant de coups
de poignard qui me perceront le cœur.
Pourrai-je goûter ses paroles obligeantes
et ses caresses ? Jugez, Prince, à quels
tourmens je serai exposée dès que je ne
vous verrai plus. » Les larmes qu'elle
laissa couler alors et les sanglots l'empê-
chèrent d'en dire davantage. Le prince de
Perse voulut lui repartir ; mais il n'en eut
pas la force : sa propre douleur, et celle

que lui faisait voir sa maîtresse, lui avaient
ôté la parole.

Ebn Thaher, qui n'aspirait qu'à se voir
hors du palais, fut obligé de les consoler,
en les exhortant à prendre patience. Mais
l'esclave confidente vint l'interrompre :
« Madame, dit-elle à Schemselnihar ; il
n'y a pas de temps à perdre : les eunuques
commencent à arriver, et vous savez que
le calife paraîtra bientôt. » « O ciel ! que
cette séparation est cruelle ! s'écria la favorite. Hâtez-vous, dit-elle à sa confidente. Conduisez-les tous deux à la galerie
qui regarde sur le jardin d'un côté, et de
l'autre sur le Tigre ; et lorsque la nuit ré-
pandra sur la terre sa plus grande obscurité, faites-les sortir par la porte de derrière, afin qu'ils se retirent en sûreté. » A
ces mots elle embrassa tendrement le
prince de Perse, sans pouvoir lui dire un
seul mot, et alla au-devant du calife dans
le désordre qu'il est aisé de s'imaginer.

Cependant l'esclave confidente conduisit le prince et Ebn Thaher à la galerie
que Schemselnihar lui avait marquée ; et
lorsqu'elle les y eut introduits, elle les y

laissa et ferma sur eux la porte en se
retirant, après les avoir assurés qu'ils
n'avaient rien à craindre, et qu'elle vien-
drait les faire sortir quand il en serait
temps.....

« Mais, Sire, dit en cet endroit Scheherazade, le jour, que je vois paraître,
m'impose silence. » Elle se tut, et reprenant son discours la nuit suivante :

CXCIe NUIT.

SIRE, poursuivit-elle, l'esclave confidente
de Schemselnihar s'étant retirée, le prince
de Perse et Ebn Thaher oublièrent qu'elle
venait de les assurer qu'ils n'avaient
rien à craindre. Ils examinèrent toute la
galerie, et ils furent saisis d'une frayeur
extrême, lorsqu'ils connurent qu'il n'y
ayait pas un seul endroit par où ils pussent
s'échapper, au cas que le calife ou quelques-uns des ses officiers s'avisassent d'y
venir.

Une grande clarté, qu'ils virent tout à
coup du côté du jardin au travers des ja-

lousies, les obligea de s'en approcher pour
voir d'où elle venait. Elle était causée par
cent flambeaux de cire blanche, qu'autant
de jeunes eunuques noirs portaient à la
main. Ces eunuques étaient suivis de plus
de cent autres plus âgés, tous de la garde
des dames du palais du calife, habillés et
armés d'un sabre, de même que ceux dont
j'ai déjà parlé ; et le calife marchait après
eux entre Mesrour, leur chef, qu'il avait
à sa droite, et Vassif, leur second officier,
qu'il avait à sa gauche.

Schemselnihar attendait le calife à l'entrée d'une allée, accompagnée de vingt
femmes, toutes d'une beauté surprenante,
et ornées de colliers et de pendans d'o-
reilles de gros diamans et d'autres, dont
elles avaient la tête toute couverte. Elles
chantaient au son de leurs instrumens, et
formaient un concert charmant. La favorite ne vit pas plutôt paraître ce prince,
qu'elle s'avança et se prosterna à ses pieds.
Mais faisant cette action : « Prince de
Perse, dit-elle en elle-même, si vos tristes
yeux sont témoins de ce que je fais, jugez
de la rigueur de mon sort : c'est devant

vous que je voudrais m'humilier ainsi ; mon cœur n'y sentirait aucune répugnance. »

Le calife fut ravi de voir Schemsel-nihar. « Levez-vous, Madame, lui dit-il, approchez-vous. Je me sais mauvais gré à moi-même de m'être privé si long-temps du plaisir de vous voir. En achevant ces paroles, il la prit par la main ; et sans cesser de lui dire des choses obligeantes, il alla s'asseoir sur le trône d'argent que Schem-selnihar lui avait fait apporter. Cette dame s'assit sur un siége devant lui, et les vingt femmes formèrent un cercle autour d'eux sur d'autres siéges, pendant que les jeunes eunuques, qui tenaient les flambeaux, se dispersèrent dans le jardin à certaine dis-tance les uns des autres, afin que le calife jouît du frais de la soirée plus commo-dément.

Lorsque le calife fut assis, il regarda autour de lui, et vit avec une grande sa-tisfaction tout le jardin illuminé d'une in-finité d'autres lumières que les flambeaux que tenaient les jeunes eunuques. Mais il prit garde que le salon était fermé : il s'en étonna, et en demanda la raison. On l'avait fait exprès pour le surprendre. En effet, il n'eut pas plutôt parlé, que les fenêtres s'ouvrirent toutes à la fois, et qu'il le vit illuminé au-dehors et en-dedans d'une manière bien mieux entendue qu'il ne l'avait vu auparavant. « Charmante Schemselnihar, s'écria-t-il à ce spectacle, je vous entends. Vous avez voulu me faire connaître qu'il y a d'aussi belles nuits que les plus beaux jours. Après ce que je vois, je n'en puis disconvenir. »

Revenons au prince de Perse et à Ebn Thaher que nous avons laissés dans la galerie. Ebn Thaher ne pouvait assez admirer tout ce qui s'offrait à sa vue. « Je ne suis pas jeune, dit-il, et j'ai vu de grandes fêtes en ma vie; mais je ne crois pas que l'on puisse rien voir de si surprenant, ni qui marque plus de grandeur. Tout ce qu'on nous dit des palais enchantés, n'approche pas du prodigieux spectacle que nous avons devant les yeux. Que de richesses et de magnificence à la fois ! »

Le prince de Perse n'était pas touché de tous ces objets éclatans qui faisaient tant de plaisir à Ebn Thaher. Il n'avait des yeux que pour regarder Schemselnihar, et la présence du calife le plongeait dans une affliction inconcevable. « Cher Ebn Thaher, dit-il, plût à Dieu que j'eusse l'esprit assez libre pour ne m'arrêter, comme vous, qu'à ce qui devrait me causer de l'admiration ! Mais, hélas ! je suis dans un état bien différent ! Tous ces objets ne servent qu'à augmenter mon tourment. Puis-je voir le calife tête à tête avec ce que j'aime, et ne pas mourir de désespoir ? Faut-il qu'un amour aussi tendre que le mien soit troublé par un rival si puissant ! Ciel ! que mon destin est bizarre et cruel ! Il n'y a qu'un moment que je m'estimais l'amant du monde le plus fortuné, et dans cet instant je me sens frapper le cœur d'un coup qui me donne la mort. Je n'y puis résister, mon cher Ebn Thaher ; ma patience est à bout ; mon mal m'accable, et mon courage y succombe. » En prononçant ces derniers mots, il vit qu'il se passait quelque chose dans le jardin qui l'obligea de garder le silence, et d'y prêter son attention.

En effet, le calife avait ordonné à une

des femmes qui étaient près de lui de chanter sur son luth ; elle commençait à chanter. Les paroles qu'elle chanta étaient fort passionnées ; et le calife persuadé qu'elle les chantait par ordre de Schemselnihar, qui lui avait donné souvent de pareils témoignages de tendresse, les expliqua en sa faveur. Mais ce n'était pas l'intention de Schemselnihar pour cette fois. Elle les appliquait à son cher Ali Ebn Becar, et elle se laissa pénétrer d'une si vive douleur d'avoir devant elle un objet dont elle ne pouvait plus soutenir la présence, qu'elle s'évanouit. Elle se renversa sur le dos de sa chaise, qui n'avait pas de bras d'appui, et elle serait tombée, si quelques-unes de ses femmes ne l'eussent promptement secourue. Elles l'enlevèrent et l'emportèrent dans le salon.

Ebn Thaher, qui était dans la galerie, surpris de cet accident, tourna la tête du côté du prince de Perse, et au lieu de le voir appuyé contre la jalousie pour regarder comme lui, il fut extrêmement étonné de le voir étendu à ses pieds sans mouvement. Il jugea par-là de la force de l'amour dont ce prince était épris pour Schemselnihar ; et il admira cet étrange effet de sympathie, qui lui causa une peine mortelle, à cause du lieu où ils se trouvaient. Il fit cependant tout ce qu'il put pour faire revenir le prince ; mais ce fut inutilement. Ebn Thaber était dans cet embarras, lorsque la confidente de Schemselnihar vint ouvrir la porte de la galerie ; et entra hors d'haleine et comme une personne qui ne savait plus où elle en était. « Venez promptement, s'écria-t-elle, que je vous fasse sortir. Tout est ici en confusion, et je crois que voici la fin de nos jours. » « Hé ! comment voulez-vous que nous partions ? répondit Ebn Thaher d'un ton qui marquait sa tristesse: Approchez, de grâce, et voyez dans quel état est le prince de Perse. » Quand l'esclave le vit évanoui, elle courut chercher de l'eau, sans perdre le temps à discourir ; et revint en peu de momens.

Enfin le prince de Perse, après qu'on lui eut jeté de l'eau sur le visage, reprit ses esprits : « Prince, lui dit alors Ebn Thaher, nous courons risque de périr ici

vous et moi, si nous y restons d'avantage ; faites donc un effort, sauvons-nous
au plus vite. » Il était si faible, qu'il ne
put se lever lui seul. Ebn Thaher et la
confidente lui donnèrent la main, et le
soutenant des deux côtés, ils allèrent
jusqu'à une petite porte de fer qui s'ouvrait sur le Tigre. Ils sortirent par là, et
s'avancèrent jusque sur les bord d'un petit
canal qui communiquait au fleuve. La confidente frappa des mains, et aussitôt un
petit bateau parut, et vint à eux avec un
seul rameur. Ali Ebn Becar et son com-
pagnon s'embarquèrent, et l'esclave confidente demeura sur le bord du canal.
D'abord que le prince se fut assis dans le
bateau, il étendit une main du côté du
palais, et mettant l'autre sur son cœur :
« Cher objet de mon ame ! s'écria-t-il
d'une voix faible, recevez ma foi de cette
main, pendant que je vous assure de
celle-ci que mon cœur conservera éter-
nellement le feu dont il brûle pour vous...

En cet endroit, Scheherazade s'aperçut
qu'il était jour. Elle se tut, et la nuit suivante elle reprit la parole en ces termes :

~~~~~~

CXCII^e NUIT.

CEPENDANT le batelier ramait de toute sa
force, et l'esclave confidente de Schemselnihar accompagna le prince de Perse
et Ebn Thaher en marchant sur le bord
du canal, jusqu'à ce qu'ils furent arrivés
au courant du Tigre. Alors, comme elle
ne pouvait aller plus loin, elle prit congé
d'eux, et se retira.

Le prince de Perse était toujours dans
une grande faiblesse. Ebn Thaher le con-
solait, et l'exhortait à prendre courage.
« Songez, lui dit-il, que quand nous serons
débarqués, nous aurons encore bien du
chemin à faire avant que d'arriver chez
moi ; car de vous mener à l'heure qu'il
est, et dans l'état où vous êtes, jusqu'à
votre logis, qui est bien plus éloigné que
le mien, je n'en suis pas d'avis : nous
pourrions même courir risque d'être ren-
contrés par le guet. » Ils sortirent enfin
du bateau : mais le prince avait si peu de
force, qu'il ne pouvait marcher ; ce qui

mit Ebn Thaher dans un grand embarras.
Il se souvint qu'il avait un ami dans le
voisinage ; il traîna le prince jusque-là
avec beaucoup de peine. L'ami les reçut
avec bien de la joie ; et quand il les eut fait
asseoir, il leur demanda d'où ils venaient
si tard. Ebn Thaher lui répondit : « J'ai
appris ce soir qu'un homme, qui me doit
une somme d'argent assez considérable,
était dans le dessein de partir pour un
long voyage ; je n'ai point perdu de
temps, je suis allé le chercher ; et en
chemin j'ai rencontré ce jeune seigneur
que vous voyez, et à qui j'ai mille obligations ; comme il connaît mon débiteur,
il a bien voulu me faire la grâce de m'accompagner. Nous avons eu bien de la
peine à mettre notre homme à la raison.
Nous en sommes pourtant venus à bout,
et c'est ce qui est cause que nous n'avons
pu sortir de chez lui que fort tard.
En revenant, à quelques pas d'ici, ce
bon seigneur, pour qui j'ai toute la considération possible, s'est senti tout à coup
attaqué d'un mal qui m'a fait prendre la
liberté de frapper à votre porte. Je me

suis flatté que vous voudriez bien nous faire le plaisir de nous donner le couvert pour cette nuit. »

L'ami d'Ebn Thaher se paya de cette fable, leur dit qu'ils étaient les bien-ve-nus, et offrit au prince·de Perse, qu'il ne connaissait pas, toute l'assistance qu'il pouvait désirer. Mais Ebn Thaher prenant la parole pour le prince, dit que son mal était d'une nature à n'avoir besoin que de repos. L'ami comprit par ce discours qu'ils souhaitaient de se reposer : c'est pourquoi il les conduisit dans un appartement, où il leur laissa la liberté de se coucher.

Si le prince de Perse dormit, ce fut d'un sommeil troublé par des songes fâ-cheux qui lui représentaient Schemsel-nihar évanouie aux pieds du calife, et l'entretenaient dans son affliction. Ebn Thaher, qui avait une grande impatience de se revoir chez lui, et qui ne doutait pas que sa famille ne fût dans une inquié-tude mortelle (car il ne lui était jamais arrivé de coucher dehors), se leva et partit de bon matin, après avoir pris congé de son ami, qui s'était levé pour

faire sa prière de la pointe du jour. Enfin
il arriva chez lui ; et la première chose
que fit le prince de Perse, qui s'était fait
un grand effort pour marcher, fut de se
jeter sur un sofa, aussi fatigué que s'il
eût fait un long voyage. Comme il n'était
pas en état de se rendre à sa maison, Ebn
Thaher lui fit préparer une chambre ; afin
qu'on ne fût point en peine de lui , il
envoya dire à ses gens l'état et le lieu où
il était. Il pria cependant le prince de
Perse d'avoir l'esprit en repos, de commander chez lui , et d'y disposer à son gré
de toutes choses. « J'accepte de bon cœur
les offres obligeantes que vous me faites,
lui dit le prince ; mais que je ne vous
embarasse pas , s'il vous plaît ; je vous conjure de faire comme si je n'étais pas chez
vous. Je n'y voudrais pas demeurer un
moment, si je croyais que ma présence
vous contraignît en la moindre chose. »
D'abord qu'Ebn Thaher eut un moment
pour se reconnaître, il apprit à sa famille
tout ce qui s'était passé au palais de Schemselnihar , et finit son récit en remerciant
Dieu de l'avoir délivré du danger qu'il

avait couru. Les principaux domestiques
du prince de Perse vinrent recevoir ses
ordres chez Ebn Thaher, et l'on y vit
bientôt arriver plusieurs de ses amis qu'ils
avaient avertis de son indisposition. Ses
amis passèrent la meilleure partie de la
journée avec lui ; et si leur entretien ne
put effacer les tristes idées qui causaient
son mal, il en tira du moins cet avantage,
qu'elles lui donnèrent quelque relâche.
Il voulait prendre congé d'Ebn Thaher
sur la fin du jour ; mais ce fidèle ami lui
trouva encore tant de faiblesse, qu'il l'o-
bligea d'attendre au lendemain. Cependant, pour contribuer à le réjouir, il lui
donna le soir un concert de voix et d'instrumens ; mais ce concert ne servit qu'à
rappeler dans la mémoire du prince celui
du soir précédent, et irrita ses ennuis au
lieu de les soulager, de sorte que le jour
suivant son mal parut avoir augmenté.
Alors Ebn Thaher ne s'opposa plus au
dessein que le prince avait de se retirer
dans sa maison. Il prit soin lui-même de
l'y faire porter ; il l'accompagna ; et quand
il se vit seul avec lui dans son appar-

tement, il lui représenta toutes les raisons qu'il avait de faire un généreux effort pour vaincre une passion dont la fin ne pouvait être heureuse ni pour lui, ni pour la favorite. « Ah ! cher Ebn Thaher, s'écria le prince, qu'il vous est aisé de donner ce conseil ; mais qu'il m'est difficile de le suivre ! J'en conçois toute l'importance, sans pouvoir en profiter. Je l'ai déjà dit, j'emporterai avec moi dans le tombeau l'amour que j'ai pour Schemselnihar. » Lorsque Ebn Thaher vit qu'il ne pourrait rien gagner sur l'esprit du prince, il prit congé de lui, et voulut se retirer.....

Scheherazade, en cet endroit, voyant paraître le jour, garda le silence ; et le lendemain elle reprit ainsi son discours :

CXCIII^e NUIT.

LE prince de Perse le retint. « Obligeant Ebn Thaher, lui dit-il, si je vous ai déclaré qu'il n'était pas en mon pouvoir de suivre vos sages conseils, je vous supplie de ne pas m'en faire un crime, et de ne pas cesser pour cela de me donner des marques de votre amitié. Vous ne sauriez m'en donner une plus grande, que de m'instruire du destin de ma chère Schemselnihar, si vous en apprenez des nouvelles. L'incertitude où je suis de son sort, les appréhensions mortelles que me cause son évanouissement, m'entretiennent dans la langueur que vous me reprochez. »

« Seigneur, lui répondit Ebn Thaher, vous devez espérer que son évanouissement n'aura pas eu de suite funeste, et que sa confidente viendra incessamment m'informer de qu'elle manière se sera passée la chose. D'abord que je saurai ce détail, je ne manquerai pas de venir vous en faire part. »

Ebn Thaher laissa le prince dans cette espérance, et retourna chez lui, où il attendit inutilement tout le reste du jour la confidente de Schemselnihar. Il ne la vit pas même le lendemain. L'inquiétude où il était de savoir l'état de la santé du prince de Perse, ne lui permit pas d'être plus long-temps sans le voir. Il alla chez lui, dans le dessein de l'exhorter à

prendre patience. Il le trouva au lit, aussi
malade qu'à l'ordinaire, et environné
d'un nombre d'amis et de quelques médecins qui employaient toutes les lumières de leur art pour découvrir la cause
de son mal. Dès qu'il aperçut Ebn Thaher, il le regarda en souriant, pour lui
témoigner deux choses : l'une, qu'il se
réjouissait de le voir, et l'autre, combien
ses médecins, qui ne pouvaient deviner
le sujet de sa maladie, se trompaient dans
leurs raisonnemens.

Les amis et les médecins se retirèrent
les uns après les autres, de sorte qu'Ebn
Thaher demeura seul avec le malade. Il
s'approcha de son lit pour lui demander
comment il se trouvait depuis qu'il ne
l'avait vu. « Je vous dirai, lui répondit
le prince, que mon amour, qui prend
continuellement de nouvelles forces, et
l'incertitude de la destinée de l'aimable
Schemselnihar, augmentent mon mal à
chaque moment, et me mettent dans un
état qui afflige mes parens et mes amis,
et déconcerte mes médecins, qui n'y com-
prennent rien. Vous ne sauriez croire,

ajouta-t-il, combien je souffre de voir
tant de gens qui m'importunent, et que
je ne puis chasser honnêtement. Vous
êtes le seul dont je sens que la compagnie
me soulage ; mais enfin ne me dissimulez
rien, je vous en conjure. Quelles nouvelles m'apportez-vous de Schemselnihar?
Avez-vous vu sa confidente ? Que vous
a-t-elle dit ? » Ebn Thaher répondit qu'il
ne l'avait pas vue ; et il n'eut pas plutôt
appris au prince cette triste nouvelle,
que les larmes lui vinrent aux yeux ; il
ne put repartir un seul mot, tant il avait
le cœur serré. « Prince, reprit alors Ebn
Thaher, permettez-moi de vous remon-
trer que vous êtes trop ingénieux à vous
tourmenter. Au nom de Dieu, essuyez
vos larmes ! quelqu'un de vos gens peut
entrer en ce moment, et vous savez avec
quel soin vous devez cacher vos sentimens, qui pourraient être démêlés par-
là. » Quelque chose que pût dire ce judi-
cieux confident, il ne fut pas possible
au prince de retenir ses pleurs. « Sage
Ebn Thaher, s'écria-t-il, quand l'usage
de la parole lui fut revenu, je puis bien

empêcher ma langue de révéler le secret
de mon cœur ; mais je n'ai pas de pouvoir sur mes larmes, dans un si grand
sujet de craindre pour Schemselnihar. Si
cette adorable et unique objet de mes désirs n'était plus au monde, je ne lui sur-
vivrais pas un moment. » « Rejetez une
pensée si affligeante, répliqua Ebn Tha-
ler : Schemselnihar vit encore, vous n'en
devez pas douter. Si elle ne vous a pas
fait savoir de ses nouvelles, c'est qu'elle
n'en a pu trouver l'occasion ; et j'espère
que cette journée ne se passera point que
vous n'en appreniez. Il ajouta à ce discours plusieurs autres choses consolantes ;
après quoi il se retira.

Ebn Thaher fut à peine de retour chez
lui, que la confidente de Schemselnihar
arriva. Elle avait un air triste, et il en
conçut un mauvais présage. Il lui demanda des nouvelles de sa maîtresse.
« Apprenez-moi auparavant des vôtres,
lui répondit la confidente ; car j'ai été
dans une grande peine de vous avoir vu
partir dans l'état où était le prince de
Perse. » Ebn Thaher lui raconta ce qu'elle

voulait savoir ; et lorsqu'il eut achevé,
l'esclave prit la parole : « Si le prince de
Perse, lui dit-elle, a souffert et souffre
encore pour ma maîtresse, elle n'a pas
moins de peine que lui. Après que je
vous eus quittés, poursuivit-elle, je retournai au salon, où je trouvai que
Schemselnihar n'était pas encore revenue
de son évanouissement, quelque soulagement qu'on eût tâché de lui apporter.
Le calife était assis près d'elle, avec toutes
les marques d'une véritable douleur ; il
demandait à toutes les femmes, et à moi
particulièrement, si nous n'avions aucune
connaissance de la cause de son mal ;
mais nous gardâmes le secret, et nous lui
dîmes tout autre chose que ce que nous
n'ignorions pas. Nous étions cependant
toutes en pleurs de la voir souffrir si
long-temps, et nous n'oubliions rien de
tout ce que nous pouvions imaginer pour
la secourir. Enfin, il était bien minuit
lorsqu'elle revint à elle. Le calife, qui
avait eu la patience d'attendre ce moment, en témoigna beaucoup de joie, et
demanda à Schemselnihar d'où ce mal

pouvait lui être venu. Dès qu'elle entendit sa voix, elle fit un effort pour se mettre sur son séant; et après lui avoir baisé
les pieds avant qu'il pût l'en empêcher :
« Sire, dit-elle, j'ai à me plaindre du
« Ciel, de ce qu'il ne m'a pas fait la grâce
« entière de me laisser expirer aux pieds
« de Votre Majesté, pour vous marquer
« par-là jusqu'à quel point je suis pénétrée
« de vos bontés. » « Je suis bien per-
« suadé que vous m'aimez, lui dit le ca-
« life; mais je vous commande de vous
« conserver pour l'amour de moi. Vous
« avez apparemment fait aujourd'hui quel-
« que excès qui vous aura causé cette in-
« disposition : prenez-y garde, et je vous
« prie de vous en abstenir une autre fois.
« Je suis bien aise de vous voir en meil-
« leur état, et je vous conseille de passer
« ici la nuit, au lieu de retourner à votre
« appartement, de crainte que le mou-
« vement ne vous soit contraire. » A ces
mots, il ordonna qu'on apportât un doigt
de vin ; qu'il lui fit prendre pour lui donner des forces. Après cela, il prit congé
d'elle, et se retira dans son appartement.

Dès que le calife fut parti, ma maîtresse
me fit signe de m'approcher. Elle me demanda de vos nouvelles avec inquiétude.
Je l'assurai qu'il y avait long-temps que
vous n'étiez plus dans le palais, et lui mis
l'esprit en repos de ce côté-là. Je me gar-
dai bien de lui parler de l'évanouissement
du prince de Perse, de peur de la faire
retomber dans l'état d'où nos soins l'a-
vaient tirée avec tant de peine ; mais ma
précaution fut inutile, comme vous l'allez
entendre. « Prince, s'écria-t-elle alors,
« je renonce désormais à tous les plaisirs,
« tant que je serai privée de celui de la
« vue. Si j'ai bien pénétré dans ton cœur,
« je ne fais que suivre ton exemple. Tu
« ne cesseras de verser des larmes que tu
« ne m'aies retrouvée ; il est juste que je
« pleure et que je m'afflige jusqu'à ce que
« tu sois rendu à mes vœux. » En achevant ces paroles, qu'elle prononça d'une
manière qui marquait la violence de sa
passion, elle s'évanouit une seconde fois
entre mes bras.....

En cet endroit, Scheherazade voyant

paraître le jour, cessa de parler. La nuit
suivante, elle poursuivit de cette sorte :

~~~~~~

CXCIV^e NUIT.

La confidente de Schemselnihar continua
de raconter à Ebn Thaher tout ce qui était
arrivé à sa maîtresse depuis son premier
évanouissement. « Nous fûmes encore
long-temps, dit-elle, à la faire revenir,
mes compagnes et moi. Elle revint enfin ;
alors je lui dis : « Madame, êtes-vous
« donc résolue de vous laisser mourir,
« et de nous faire mourir nous-mêmes
« avec vous ? Je vous supplie, au nom du
« prince de Perse, pour qui vous avez
« intérêt de vivre, de vouloir conserver
« vos jours. De grâce, laissez-vous per-
« suader, et faites les efforts que vous
« vous devez à vous-même, à l'amour du
« prince, et à notre attachement pour
« vous. » « Je vous suis bien obligée,
« reprit-elle, de vos soins, de votre zèle
« et de vos conseils. Mais, hélas ! peu-
« vent-ils m'être utiles ? Il ne nous est

« pas permis de nous flatter de quelque
« espérance , et ce n'est que dans le tom-
« beau que nous devons attendre la fin
« de nos tourmens. » Une de mes compagnes voulut la détourner de ses tristes
pensées, en chantant un air sur son luth ;
mais elle lui imposa silence , et lui ordonna, comme à toutes les autres, de se
retirer. Elle ne retint que moi pour passer
la nuit avec elle. Quelle nuit, ô Ciel ! Elle
la passa dans les pleurs et dans les gémis-
semens ; et nommant sans cesse le prince
de Perse , elle se plaignait du sort qui
l'avait destinée au calife, qu'elle ne pouvait aimer, et non pas à lui, qu'elle aimait
éperdument. Le lendemain, comme elle
n'était pas commodément dans le salon,
je l'aidai à passer dans son appartement,
où elle ne fut pas plutôt arrivée, que tous
les médecins du palais vinrent la voir par
ordre du calife ; et ce prince ne fut pas
long-temps sans venir lui-même. Les remèdes que les médecins ordonnèrent à
Schemselnihar firent d'autant moins d'effet, qu'ils ignoraient la cause de son mal ;
et la contrainte où la mettait la présence

du calife, ne faisait que l'augmenter. Elle
a pourtant un peu reposé cette nuit ; et
d'abord qu'elle a été éveillée, elle m'a
chargée de vous venir trouver pour apprendre des nouvelles du prince de Perse. »

« Je vous ai déjà informée de l'état où
il est, lui dit Ebn Thaher ; ainsi retournez vers votre maîtresse ; et l'assurez que
le prince de Perse attendait de ses nouvelles avec la même impatience qu'elle
en attendait de lui. Exhortez-la surtout à
se modérer et à se vaincre, de peur qu'il
ne lui échappe devant le calife quelque
parole qui pourrait nous perdre avec
elle. » « Pour moi, reprit la confidente,
je vous l'avoue, je crains tout de ses
transports. J'ai pris la liberté de lui dire
ce que je pensais là-dessus, et je suis persuadée qu'elle ne trouvera pas mauvais
que je lui parle encore de votre part. »

Ebn Thaher, qui ne faisait que d'arriver de chez le prince de Perse, ne jugea
point à propos d'y retourner si tôt, et de
négliger des affaires importantes qui lui
étaient survenues en rentrant chez lui ; il
y alla seulement sur la fin du jour. Le

prince était seul, et ne se portait pas mieux
que le matin. « Ebn Thaher, lui dit-il en
le voyant paraître, vous avez sans doute
beaucoup d'amis ; mais ces amis ne con-
naissent pas ce que vous valez, comme
vous me le faites connaître par votre zèle,
par vos soins, et par les peines que vous
vous donnez lorsqu'il s'agit de les obliger.
Je suis confus de tout ce que vous faites
pour moi avec tant d'affection, et je ne
sais comment je pourrai m'acquitter envers vous. » « Prince, lui répondit Ebn
Thaher, laissons-là ce discours, je vous
en supplie : je suis prêt non-seulement à
donner un de mes yeux pour vous en
conserver un, mais même à sacrifier ma
vie pour la vôtre. Ce n'est pas de quoi il
s'agit présentement. Je viens vous dire
que Schemselnihar m'a envoyé sa confidente pour me demander de vos nouvelles, et en même temps pour m'informer
des siennes. Vous jugez bien que je ne
lui ai rien dit qui ne lui ait confirmé l'excès de votre amour pour sa maîtresse, et
la constance avec laquelle vous l'aimez.
Ebn Thaher lui fit ensuite un détail exact

de tout ce que lui avait dit l'esclave confidente. Le prince l'écouta avec tous les
différens mouvemens de crainte, de jalousie, de tendresse et de compassion que
son discours lui inspira, faisant sur chaque
chose qu'il entendait, toutes les réflexions
affligeantes ou consolantes dont un amant,
aussi passionné qu'il l'était, pouvait être
capable.

Leur conversation dura si long-temps,
que la nuit se trouvant fort avancée, le
prince de Perse obligea Ebn Thaher à
demeurer chez lui. Le lendemain matin,
comme ce fidèle ami s'en retournait au
logis, il vit venir à lui une femme qu'il
reconnut pour la confidente de Schemselnihar, et qui l'ayant abordé, lui dit : « Ma
maîtresse vous salue, et je viens vous
prier de sa part de rendre cette lettre au
prince de Perse. » Le zélé Ebn Thaher
prit la lettre et retourna chez le prince,
accompagné de l'esclave confidente.

Scheherazade cessa de parler en cet endroit, à cause du jour, qu'elle vit paraître.
Elle reprit la suite de son discours la nuit
suivante ; et dit au sultan des Indes :

~~~~~~

CXCV^e NUIT.

SIRE, quand Ebn Thaher fut entré chez
le prince de Perse avec la confidente de
Schemselnihar, il la pria de demeurer un
moment dans l'antichambre et de l'attendre. Dès que le prince l'aperçut, il lui
demanda avec empressement quelle nouvelle il avait à lui annoncer. « La meilleure que vous puissiez apprendre, lui
répondit Ebn Thaher : on vous aime aussi
chèrement que vous aimez. La confidente
de Schemselnihar est dans votre antichambre ; elle vous apporte une lettre de
la part de sa maîtresse ; elle n'attend que
vos ordres pour entrer. » « Qu'elle entre !
s'écria le prince avec un transport de
joie. » En disant cela, il se mit sur son
séant pour la recevoir.

Comme les gens du prince étaient sortis
de la chambre d'abord qu'ils avaient vu
Ebn Thaher, afin de le laisser seul avec
leur maître, Ebn Thaher alla ouvrir la
porte lui-même, et fit entrer la confidente.

Le prince la reconnut, et la reçut d'une
manière fort obligeante. « Seigneur, lui
dit-elle, je sais tous les maux que vous
avez soufferts depuis que j'eus l'honneur
de vous conduire au bateau qui vous attendait pour vous ramener ; mais j'espère
que la lettre que je vous apporte con-
tribuera à votre guérison. » A ces mots,
elle lui présenta la lettre. Il la prit ; et
après l'avoir baisée plusieurs fois, il l'ouvrit, et lut les paroles suivantes :

LETTRE

DE SCHEMSELNIHAR AU PRINCE DE PERSE
ALI EBN BECAR.

« La personne qui vous rendra cette
« lettre, vous dira de mes nouvelles mieux
« que moi-même, car je ne me connais plus
« depuis que j'ai cessé de vous voir. Privée
« de votre présence, je cherche à me
« tromper en vous entretenant par ces
« lignes mal-formées, avec le même plai-
« sir que si j'avais le bonheur de vous
« parler.

« On dit que la patience est un remède

« à tous les maux, et toutefois elle aigrit
« les miens au lieu de les soulager. Quoi-
« que votre portrait soit profondément
« gravé dans mon cœur, mes yeux sou-
« haitent d'en revoir incessamment l'ori-
« ginal, et ils perdront toute leur lumière,
« s'il faut qu'ils en soient encore long-
« temps privés. Puis-je me flatter que les
« vôtres aient la même impatience de me
« voir ? Oui, je le puis : ils me l'ont fait
« assez connaître par leurs tendres re-
« gards. Que Schemselnihar serait heu-
« reuse ! et que vous seriez heureux,
« prince, si mes désirs, qui sont conformes
« aux vôtres, n'étaient pas traversés par
« des obstacles insurmontables ! Ces obs-
« tacles m'affligent d'autant plus vive-
« ment, qu'ils vous affligent vous-même.

« Ces sentimens que mes doigts tracent,
« et que j'exprime avec un plaisir incroya-
« ble, en les répétant plusieurs fois, par-
« tent du plus profond de mon cœur, et
« de la blessure incurable que vous y
« avez faite, blessure que je bénis mille
« fois, malgré le cruel ennui que je souffre
« de votre absence. Je compterais pour

« rien tout ce qui s'oppose à nos amours,
« s'il m'était seulement permis de vous
« voir quelque fois en liberté : je vous pos-
« séderais alors ; que pourrais-je souhaiter
« de plus ?

« Ne vous imaginez pas que mes paroles
« disent plus que je ne pense. Hélas ! de
« quelques expressions que je puisse me
« servir, je sens bien que je pense plus de
« choses que je ne vous en dis. Mes yeux,
« qui sont dans une veille continuelle, et
« qui versent incessamment des pleurs en
« attendant qu'ils vous revoient ; mon
« cœur affligé, qui ne désire que vous seul ;
« les soupirs qui m'échappent toutes les
« fois que je pense à vous, c'est-à-dire à
« tout moment ; mon imagination, qui ne
« me représente plus d'autre objet que
« mon cher prince ; les plaintes que je fais
« au Ciel de la rigueur de ma destinée ;
« enfin ma tristesse, mes inquiétudes,
« mes tourmens, qui ne me donnent aucun
« relâche depuis que je vous ai perdu de
« vue, sont garans de ce que je vous écris.

« Ne suis-je pas bien malheureuse d'être
« née pour aimer, sans espérance de jouir

« de ce que j'aime ? Cette pensée désolante
« m'accable à un point, que j'en mourrais,
« si je n'étais pas persuadée que vous
« m'aimez. Mais une si douce consolation
« balance mon désespoir, et m'attache à
« la vie. Mandez-moi que vous m'aimez
« toujours : je garderai votre lettre pré-
« cieusement ; je la lirai mille fois le jour ;
« je souffrirai mes maux avec moins d'im-
« patience. Je souhaite que le Ciel cesse
« d'être irrité contre nous, et nous fasse
« trouver l'occasion de nous dire sans
« contrainte que nous nous aimons, et
« que nous ne cesserons jamais de nous
« aimer. Adieu. Je salue Ebn Thaher, à
« qui nous avons tant d'obligations l'un
« et l'autre. »

CXCVIᵉ NUIT.

Le prince de Perse ne se contenta pas
d'avoir lu une fois cette lettre ; il lui sem-
bla qu'il l'avait lue avec trop peu d'attention. Il la relut plus lentement ; et en
lisant, tantôt il poussait de tristes soupirs,

tantôt il versait des larmes, et tantôt il
faisait éclater des transports de joie et de
tendresse, selon qu'il était touché de ce
qu'il lisait. Enfin, il ne se lassait point de
parcourir des yeux des caractères tracés
par une si chère main ; et il se préparait à
les lire pour la troisième fois, lorsque
Ebn Thaher lui représenta que la confidente n'avait pas de temps à perdre, et
qu'il devait songer à faire réponse. « Hélas !
s'écria le prince, comment voulez-vous
que je fasse réponse à une lettre si obligeante ? En quels termes m'exprimerai-je
dans le trouble où je suis ? J'ai l'esprit agité
de mille pensées cruelles, et mes sentimens se détruisent au moment que je les
ai conçus, pour faire place à d'autres.
Pendant que mon corps se ressent des im-
pressions de mon ame, comment pourrai-
je tenir le papier et conduire la canne *
pour former les lettres ? »

---

* Les Arabes, les Persans et les Turcs, quand
ils écrivent, tiennent le papier de la main gauche, appuyé ordinairement sur le genou, et
écrivent de la main droite avec une petite canne
taillée et fendue comme nos plumes.

En parlant ainsi, il tira d'un petit bureau qu'il avait près de lui, du papier, une canne taillée, et un cornet où il y avait de l'encre....

Scheherazade, apercevant le jour en cet endroit, interrompit sa narration. Elle en reprit la suite le lendemain, et dit à Schahriar:

~~~~~~~~~~~~~~~~~~~~~~~~~~~~~~~~~~

CXCVIIᵉ NUIT.

SIRE, le prince de Perse, avant que d'écrire, donna la lettre de Schemselnihar à Ebn Thaher, et le pria de la tenir ouverte pendant qu'il écrirait, afin qu'en jetant les yeux dessus, il vît mieux ce qu'il y devait répondre. Il commença d'écrire; mais les larmes qui lui tombaient des yeux sur son papier, l'obligèrent plusieurs fois de s'arrêter pour les laisser couler librement. Il acheva enfin sa lettre, et la donnant à Ebn Thaher: « Lisez-la, je vous prie, lui dit-il, et me faites la grace de voir si le désordre où est mon esprit m'a permis

de faire une réponse convenable. » Ebn
Thaher la prit, et lut ce qui suit :

RÉPONSE

DU PRINCE DE PERSE A LA LETTRE DE SCHEMSELNIHAR.

« J'étais plongé dans une affliction mor-
« telle lorsqu'on m'a rendu votre lettre.
« A la voir seulement, j'ai été transporté
« d'une joie que je ne puis vous exprimer ;
« et à la vue des caractères tracés par
« votre belle main, mes yeux ont reçu
« une nouvelle lumière, plus vive que
« celle qu'ils avaient perdue, lorsque les
« vôtres se fermèrent subitement aux
« pieds de mon rival. Les paroles que
« contient cette obligeante lettre, sont
« autant de rayons lumineux qui ont dis-
« sipé les ténèbres dont mon ame était
« obscurcie. Elle m'apprennent combien
« vous souffrez pour l'amour de moi, et
« me font connaître aussi que vous n'i-
« gnorez pas que je souffre pour vous, et
« par-là, elle me consolent dans mes maux.
« D'un côté, elles me font verser des

« larmes abondamment, et de l'autre,
« elles embrasent mon cœur d'un feu qui
« le soutient, et m'empêchent d'expirer de
« douleur. Je n'ai pas eu un moment de
« repos depuis notre cruelle séparation.
« Votre lettre seule apporta quelque sou-
« lagement à mes peines. J'ai gardé un
« morne silence jusqu'au moment que je l'ai
« reçue : elle m'a redonné la parole. J'étais
« enseveli dans une mélancolie profonde :
« elle m'a inspiré une joie qui a d'abord
« éclaté à mes yeux et sur mon visage.
« Mais ma surprise de recevoir une faveur
« que je n'ai point encore méritée, a été
« si grande, que je ne savais par où com-
« mencer pour vous en marquer ma re-
« connaissance. Enfin, après l'avoir baisée
« plusieurs fois, comme un gage précieux
« de vos bontés, je l'ai lue et relue, et suis
« demeuré confus de l'excès de mon
« bonheur. Vous voulez que je vous mande
« que je vous aime toujours. Ah! quand
« je ne vous aurais pas aimée aussi parfai-
« tement que je vous aime, je ne pourrais
« m'empêcher de vous adorer. Après
« toutes les marques que vous me donnez

« d'un amour si peu commun. Oui, je vous
« aime, ma chère ame, et ferai gloire de
« brûler toute ma vie du beau feu que vous
« avez allumé dans mon cœur. Je ne me
« plaindrai jamais de la vive ardeur dont
« je sens qu'il me consume; et quelque
« rigoureux que soient les maux que votre
« absence me cause, je les supporterai
« constamment, dans l'espérance de vous
« voir un jour. Plût à Dieu que ce fût dès
« aujourd'hui, et qu'au lieu de vous en-
« voyer ma lettre, il me fût permis d'aller
« vous assurer que je meurs d'amour pour
« vous! Mes larmes m'empêchent de vous
« en dire davantage. Adieu. »

Ebn Thaher ne put lire ces dernières
lignes sans pleurer lui-même. Il remit la
lettre entre les mains du prince de Perse,
en l'assurant qu'il n'y avait rien à corriger.
Le prince la ferma, et quand il l'eut cachetée : « Je vous prie de vous approcher »,
dit-il à la confidente de Schemselnihar,
qui était un peu éloignée de lui : voici la
réponse que je fais à la lettre de votre maîtresse. Je vous conjure de la lui porter,
et de la saluer de ma part. » L'esclave

confidente prit la lettre, et se retira avec Ebn Thaher.....

En achevant ces mots, la sultane des Indes voyant paraître le jour, se tut; et la nuit suivante, elle continua de cette manière :

~~~~~~

CXCVIII^e NUIT.

EBN THAHER, après avoir marché quelque temps avec l'esclave confidente, la quitta, et retourna dans sa maison, où il se mit à rêver profondément à l'intrigue amoureuse dans laquelle il se trouvait malheureusement engagé. Il se représenta que le prince de Perse et Schemselnihar, malgré l'intérêt qu'ils avaient de cacher leur intelligence, se ménageaient avec si peu de discrétion, qu'elle pourrait bien n'être pas long-temps secrète. Il tira de là toutes les conséquences qu'un homme de bon sens en devait tirer. « Si Schemselnihar, se disait-il en lui-même, était une dame du commun, je contribuerais de tout mon pouvoir à rendre heureux

son amant et elle; mais c'est la favorite
du calife, et il n'y a personne qui puisse
impunément entreprendre de plaire à ce
qu'il aime. Sa colère tombera d'abord sur
Schemselnihar; il en coûtera la vie au
prince de Perse, et je serai enveloppé
dans son malheur. Cependant, j'ai mon
honneur, mon repos, ma famille et mon
bien à conserver; il faut donc, pendant
que je le puis, me délivrer d'un si grand
péril. »

Il fut occupé de ces pensées durant tout
ce jour-là. Le lendemain matin, il alla chez
le prince de Perse, dans le dessein de faire
un dernier effort pour l'obliger à vaincre
sa passion. Effectivement, il lui représenta
ce qu'il lui avait déjà inutilement repré-
senté, qu'il ferait beaucoup mieux d'employer tout son courage à détruire le penchant qu'il avait pour Schemselnihar, que
de s'y laisser entraîner; que ce penchant
était d'autant plus dangereux, que son rival était plus puissant. « Enfin, Seigneur,
ajouta-t-il, si vous m'en croyez, vous ne
songerez qu'à triompher de votre amour.
Autrement, vous courez risque de vous

perdre avec Schemselnihar, dont la vie vous doit être plus chère que la vôtre. Je vous donne ce conseil en ami, et quelque jour vous m'en remercîrez. »

Le Prince écouta Ebn Thaher assez impatiemment. Néanmoins il le laissa dire tout ce qu'il voulut ; mais prenant la parole à son tour : « Ebn Thaher, lui dit-il, croyez-vous que je puisse cesser d'aimer Schemselnihar, qui m'aime avec tant de tendresse ? Elle ne craint pas d'exposer sa vie pour moi ; et vous voulez que le soin de conserver la mienne soit capable de m'occuper ! Non, quelque malheur qui puisse m'arriver, je veux aimer Schemselnihar jusqu'au dernier soupir. »

Ebn Thaher, choqué de l'opiniâtreté du prince de Perse, le quitta assez brusquement, et se retira chez lui, où, rappelant dans son esprit ses réflexions du jour précédent, il se mit à songer fort sérieusement au parti qu'il avait à prendre. Pendant ce temps-là, un joaillier de ses intimes amis, le vint voir. Ce joaillier s'était aperçu que la confidente de Schemselnihar allait chez Ebn Thaher plus souvent qu'à

l'ordinaire, et qu'Ebn Thaher était presque toujours avec le prince de Perse, dont
la maladie était sue de tout le monde, sans
toutefois qu'on en connût la cause; tout
cela lui avait donné des soupçons. Comme
Ebn Thaher parut rêver, il jugea bien
que quelque affaire importante l'embar-
rassait; et croyant être au fait, il lui demanda ce que voulait l'esclave confidente
de Schemselnihar. Ebn Thaher demeura
un peu interdit à cette demande, et voulut
dissimuler, en lui disant que c'était pour
une bagatelle qu'elle venait si souvent
chez lui. « Vous ne me parlez pas sincè-
rement, lui répliqua le joaillier, et vous
m'allez persuader, par votre dissimula-
tion, que cette bagatelle est une affaire
plus importante que je ne l'ai cru d'abord. »

Ebn Thaher, voyant que son ami le
pressait si fort, lui dit : « Il est vrai que
cette affaire est de la dernière conséquence. J'avais résolu de la tenir secrète;
mais comme je sais l'intérêt que vous prenez à tout ce qui me regarde, j'aime mieux
vous en faire confidence, que de vous
laisser penser là-dessus ce qui n'est pas

Je ne vous recommande point le secret :
vous connaîtrez, par ce que je vais vous
dire, combien il est important de le garder. » Après ce préambule, il lui raconta
les amours de Schemselnihar et du prince
de Perse. « Vous savez, ajouta-t-il ensuite, en quelle considération je suis à la
Cour et dans la ville auprès des plus grands
seigneurs et des dames les plus qualifiées.
Quelle honte pour moi, si ces téméraires
amours venaient à être découvertes ! Mais
que dis-je ? Ne serions-nous pas perdus,
toute ma famille et moi ? Voilà ce qui
m'embarrasse le plus ; mais je viens de
prendre mon parti. Il m'est dû, et je
dois ; je vais travailler incessamment à
satisfaire mes créanciers, et à recouvrer
mes dettes ; et après que j'aurai mis tout
mon bien en sûreté, je me retirerai à
Balsora, où je demeurai jusqu'à ce que la
tempête que je prévois soit passée. L'a-
mitié que j'ai pour Schemselnihar et pour
le prince de Perse, me rend très-sensible
au mal qui peut leur arriver : je prie Dieu
de leur faire connaître le danger où ils
s'exposent, et de les conserver ; mais si

leur mauvaise destinée veut que leurs
amours aillent à la connaissance du calife,
je serai au moins à couvert de son ressen-
timent ; car je ne les crois pas assez mé-
chans pour vouloir m'envelopper dans
leur malheur. Leur ingratitude serait extrême si cela arrivait : ce serait mal payer
les services que je leur ai rendus, et les
bons conseils que je leur ai donnés, particulièrement au prince de Perse ; qui
pourrait se tirer encore du précipice, lui
et sa maîtresse, s'il le voulait. Il est aisé
de sortir de Bagdad comme moi, et l'absence le dégagerait insensiblement d'une
passion qui ne fera qu'augmenter tant
qu'il s'obstinera à y demeurer. »

Le joaillier entendit avec une extrême
surprise le récit que lui fit Ebn Thaher.
« Ce que vous venez de me raconter, lui
dit-il, est d'une si grande importance, que
je ne puis comprendre comment Schemselnihar et le prince de Perse ont été capables de s'abandonner à un amour si
violent. Quelque penchant qui les entraîne
l'un vers l'autre, au lieu d'y céder lâche-
ment, ils devaient y résister, et faire un

meilleur usage de leur raison. Ont-ils pu s'étourdir sur les suites fâcheuses de leur intelligence? Que leur aveuglement est déplorable! J'en vois comme vous toutes les conséquences. Mais vous êtes sage et prudent, et j'approuve la résolution que vous avez formée; c'est par-là seulement que vous pouvez vous dérober aux événemens funestes que vous avez à craindre. » Après cet entretien, le joaillier se leva, et prit congé d'Ebn Thaher.....

Sire, dit en cet endroit Scheherazade, le jour, que je vois paraître, m'empêche d'entretenir Votre Majesté plus long-temps. » Elle se tut, et le lendemain, elle reprit son discours dans ces termes :

CXCIXᵉ NUIT.

Avant que le joaillier se retirât, Ebn Thaher ne manqua pas de le conjurer, par l'amitié qui les unissait tous deux, de ne rien dire à personne de tout ce qu'il lui avait appris. « Ayez l'esprit en repos,

lui dit le joaillier ; je vous garderai le
secret au péril de ma vie. »

Deux jours après cette conversation, le
joaillier passa devant la boutique d'Ebn
Thaher, et, voyant qu'elle était fermée,
il ne douta pas qu'il n'eût exécuté le dessein dont il lui avait parlé. Pour en être
sûr, il demanda à un voisin s'il savait
pourquoi elle n'était pas ouverte. Le voisin lui répondit qu'il ne savait autre chose,
sinon qu'Ebn Thaher était allé faire un
voyage. Il n'eut pas besoin d'en dire davantage, et il songea d'abord au prince
de Perse. « Malheureux prince, dit-il en
lui-même, quel chagrin n'aurez-vous pas,
quand vous apprendrez cette nouvelle !
Par quelle entremise entretiendrez-vous
le commerce que vous avez avec Schemselnihar ? Je crains que vous n'en mour-
riez de désespoir. J'ai compassion de vous ;
il faut que je vous dédommage de la perte
que vous avez faite d'un confident trop
timide. »

L'affaire qui l'avait obligé de sortir n'é-
tait pas de grande conséquence ; il la né-
gligea, et quoiqu'il ne connût le prince de

Perse que pour lui avoir vendu quelques
pierreries, il ne laissa pas d'aller chez lui.
Il s'adressa à un de ses gens, et le pria de
vouloir bien dire à son maître qu'il souhaitait de l'entretenir d'une affaire très-
importante. Le domestique revint bientôt
trouver le joaillier, et l'introduisit dans la
chambre du prince, qui était à demi couché sur le sofa, la tête sur le coussin.
Comme il se souvint de l'avoir vu, il se
leva pour le recevoir, lui dit qu'il était le
bien venu; et, après l'avoir prié de s'asseoir, il lui demanda s'il y avait quelque
chose en quoi il pût lui rendre service,
ou s'il venait lui annoncer quelque nouvelle qui le regardât lui-même. « Prince,
lui répondit le joaillier, quoique je n'aie
pas l'honneur d'être connu de vous particulièrement, le désir de vous marquer
mon zèle m'a fait prendre la liberté de
venir chez vous pour vous faire part d'une
nouvelle qui vous touche; j'espère que
vous me pardonnerez ma hardiesse, en
faveur de ma bonne intention. »

Après ce début, le joaillier entra en
matière, et poursuivit ainsi : « Prince,

j'aurai l'honneur de vous dire qu'il y a
long-temps que la conformité d'humeur,
et quelques affaires que nous avons eues
ensemble, nous ont liés d'une étroite amitié, Ebn Thaher et moi. Je sais qu'il est
connu de vous, et qu'il s'est employé jusqu'à présent à vous obliger en tout ce
qu'il a pu; j'ai appris cela de lui-même,
car il n'a rien eu de caché pour moi, ni
moi pour lui. Je viens de passer devant
sa boutique, que j'ai été assez surpris de
voir fermée. Je me suis adressé à un de
ses voisins pour lui en demander la raison, et il m'a répondu qu'il y avait deux
jours qu'Ebn Thaher avait pris congé de
lui et des autres voisins, en leur offrant
ses services pour Balsora, où il allait, disait-il, pour une affaire de grande importance. Je n'ai pas été satisfait de cette
réponse; et l'intérêt que je prends à ce qui
le regarde, m'a déterminé à venir vous
demander si vous ne savez rien de particulier touchant un départ si précipité. »

A ce discours, que le joaillier avait accommodé au sujet pour mieux parvenir
à son dessein, le prince de Perse changea

de couleur, et regarda le joaillier d'un air qui lui fit connaître combien il était affligé de cette nouvelle. « Ce que vous m'apprenez, lui dit-il, me surprend ; il ne pouvait m'arriver un malheur plus mortifiant. Oui ! s'écria-t-il, les larmes aux yeux, c'est fait de moi, si ce que vous me dites est véritable ! Ebn Thaher, qui était toute ma consolation, en qui je mettais toute mon espérance, m'abandonne ! Il ne faut plus que je songe à vivre, après un coup si cruel ! »

Le joaillier n'eut pas besoin d'en entendre davantage pour être pleinement convaincu de la violente passion du prince de Perse, dont Ebn Thaher l'avait entretenu. La simple amitié ne parle pas ce langage ; il n'y a que l'amour qui soit capable de produire des sentimens si vifs.

Le prince demeura quelques momens enseveli dans les pensées les plus tristes. Il leva enfin la tête, et s'adressant à un de ses gens : « Allez, lui dit-il, jusque chez Ebn Thaher, parlez à quelqu'un de ses domestiques, et sachez s'il est vrai qu'il soit parti pour Balsora. Courez, et

revenez promptement me dire ce que vous
aurez appris. » En attendant le retour du
domestique, le joaillier tâcha d'entretenir
le prince de choses indifférentes; mais le
prince ne lui donna presque pas d'attention : il était la proie d'une inquiétude
mortelle. Tantôt il ne pouvait se persuader qu'Ebn Thaher fût parti, et tantôt il
n'en doutait pas, quand il faisait réflexion
au discours que ce confident lui avait tenu
la dernière fois qu'il l'était venu voir, et
à l'air brusque dont il l'avait quitté.

Enfin le domestique du prince arriva,
et rapporta qu'il avait parlé à un des gens
d'Ebn Thaher, qui l'avait assuré qu'il n'é-
tait plus à Bagdad, qu'il était parti depuis
deux jours pour Balsora. « Comme je sortais de la maison d'Ebn Thaher, ajouta
le domestique, une esclave bien mise est
venue m'aborder; et, après m'avoir demandé si je n'avais pas l'honneur de vous
appartenir, elle m'a dit qu'elle avait à
vous parler, et m'a prié en même temps
de vouloir bien qu'elle vînt avec moi.
Elle est dans l'antichambre, et je crois
qu'elle a une lettre à vous rendre de la

part de quelque personne de considéra=
tion. » Le prince commanda aussitôt qu'on
la fît entrer; il ne douta pas que ce ne fût
l'esclave confidente de Schemselnihar,
comme en effet c'était elle. Le joaillier
la reconnut pour l'avoir vue quelquefois
chez Ebn Thaher, qui lui avait appris qui
elle était. Elle ne pouvait arriver plus à
propos pour empêcher le prince de se
désespérer. Elle le salua....

Mais, Sire, dit Scheherazade en cet endroit, je m'aperçois qu'il est jour. » Elle
se tut, et la nuit suivante elle poursuivit
de cette manière :

CC^e NUIT.

L^E prince de Perse rendit le salut à la
confidente de Schemselnihar. Le joaillier
s'était levé dès qu'il l'avait vue paraître,
et s'était retiré à l'écart pour leur laisser
la liberté de se parler. La confidente, après
s'être entretenue quelque temps avec le
prince, prit congé de lui, et sortit. Elle le

laissa tout autre qu'il était auparavant.
Ses yeux parurent plus brillans, et son
visage plus gai ; ce qui fit juger au joaillier que la bonne esclave venait de dire
des choses favorables pour son amour.

Le joaillier ayant repris sa place auprès
du prince, lui dit en souriant : « A ce que
je vois, Prince, vous avez des affaires importantes au palais du calife. » Le prince
de Perse, fort étonné et alarmé de ce discours, répondit au joaillier : « Sur quoi
jugez-vous que j'aie des affaires au palais
du calife ? » « J'en juge, repartit le joaillier, par l'esclave qui vient de sortir. »
« Et à qui croyez - vous qu'appartienne
cette esclave ? répliqua le prince. » « A
Schemselnihar, favorite du calife, répondit le joaillier. Je connais, poursuivit-il,
cette esclave, et même sa maîtresse, qui
m'a quelquefois fait l'honneur de venir
chez moi acheter des pierreries. Je sais, de
plus, que Schemselnihar n'a rien de caché pour cette esclave, que je vois depuis
quelques jours aller et venir par les rues,
assez embarrassée, à ce qu'il me semble.
Je m'imagine que c'est pour quelque af-

faire de conséquence qui regarde sa maîtresse. »

Ces paroles du joaillier troublèrent fort
le prince de Perse. « Il ne me parlerait
pas dans ces termes, dit-il en lui-même,
s'il ne soupçonnait, ou plutôt s'il ne savait pas mon secret. » Il demeura quelques momens dans le silence, ne sachant
quel parti prendre. Enfin il reprit la parole, et dit au joaillier : « Vous venez de
me dire des choses qui me donnent lieu
de croire que vous en savez encore plus
que vous n'en dites. Il est important,
pour mon repos, que j'en sois parfaitement éclairci : je vous conjure de ne rien
dissimuler. »

Alors le joaillier, qui ne demandait pas
mieux, lui fit un détail exact de l'entretien qu'il avait eu avec Ebn Thaher. Ainsi
il lui fit connaître qu'il était instruit du
commerce qu'il avait avec Schemselnihar,
et il n'oublia pas de lui dire qu'Ebn Thaher, effrayé du danger où sa qualité de
confident le jetait, lui avait fait part du
dessein qu'il avait de se retirer à Balsora,
et d'y demeurer jusqu'à ce que l'orage

qu'il redoutait se fût dissipé. « C'est ce
qu'il a exécuté, ajouta le joaillier ; et je
suis surpris qu'il ait pu se résoudre à vous
abandonner dans l'état où il m'a fait connaître que vous étiez. Pour moi, Prince,
je vous avoue que j'ai été touché de compassion pour vous : je viens vous offrir
mes services ; et si vous me faites la grâce
de les agréer , je m'engage à vous garder
la même fidélité qu'Ebn Thaher. Je vous
promets d'ailleurs plus de fermeté : je suis
prêt à vous sacrifier mon honneur et ma
vie ; et afin que vous ne doutiez pas de
ma sincérité, je jure, par ce qu'il y
a de plus sacré dans notre religion, de
vous garder un secret inviolable. Soyez
donc persuadé, Prince , que vous trouverez en moi l'ami que vous avez perdu. »
Ce discours rassura le prince , et le con-
sola de l'éloignement d'Ebn Thaher. « J'ai
bien de la joie , dit-il au joaillier, d'avoir
en vous de quoi réparer la perte que j'ai
faite. Je n'ai point d'expressions capables
de vous bien marquer l'obligation que je
vous ai. Je prie Dieu qu'il récompense
votre générosité, et j'accepte de bon cœur

l'offre obligeante que vous me faites. Croi-
riez-vous bien, continua-t-il, que la confidente de Schemselnihar vient de me parler de vous ? Elle m'a dit que c'est vous
qui avez conseillé à Ebn Thaher de s'é-
loigner de Bagdad. Ce sont les dernières
paroles qu'elle m'a dites en me quittant,
et elle m'en a parue bien persuadée. Mais
on ne vous rend pas justice : je ne doute
pas qu'elle ne se trompe, après tout ce
que vous venez de me dire. » « Prince,
lui répliqua le joaillier, j'ai eu l'honneur
de vous faire un récit fidèle de la conversation que j'ai eue avec Ebn Thaher. Il
est vrai que quand il m'a déclaré qu'il
voulait se retirer à Balsora, je ne me suis
point opposé à son dessein, et que je lui
ai dit qu'il était homme sage et prudent ;
mais cela ne vous empêche pas de me
donner votre confiance : je suis prêt à
vous rendre mes services avec toute l'ardeur imaginable. Si vous en usez autrement, cela ne m'empêchera pas de vous
garder très - religieusement le secret,
comme je m'y suis engagé par serment. »
« Je vous ai déjà dit, reprit le prince, que

je n'ajoutais pas foi aux paroles de la confidente : c'est son zèle qui lui a inspiré ce
soupçon, qui n'a point de fondement ; et
vous devez l'excuser de même que je
l'excuse. »

Ils continuèrent encore quelque temps
leur conversation, et délibérèrent ensemble des moyens les plus convenables pour
entretenir la correspondance du prince
avec Schemselnihar. Ils demeurèrent d'accord qu'il fallait commencer par désabu-
ser la confidente, qui était si injustement
prévenue contre le joaillier. Le prince se
chargea de la tirer d'erreur la première
fois qu'il la reverrait, et de la prier de
s'adresser au joaillier lorsqu'elle aurait
des lettres à lui apporter, ou quelque
autre chose à lui apprendre de la part de
sa maîtresse. En effet, ils jugèrent qu'elle
ne devait point paraître si souvent chez
le prince, parce qu'elle pourrait par-là
donner lieu de découvrir ce qui était si
important de cacher. Enfin le joaillier se
leva, et après avoir de nouveau prié le
prince de Perse d'avoir une entière confiance en lui, il se retira...

La sultane Scheherazade cessa de parler en cet endroit, à cause du jour, qui commençait à paraître. La nuit suivante elle reprit le fil de sa narration, et dit au sultan des Indes :

~~~~~~~~~~~~~~~~~~~~~~~~~~~~~~~~~~~~~~

CCIᵉ NUIT.

Sire, le joaillier, en se retirant à sa maison, aperçut, devant lui, dans la rue, une lettre que quelqu'un avait laissé tomber. Il la ramassa. Comme elle n'était pas cachetée, il l'ouvrit, et trouva qu'elle était conçue en ces termes :

LETTRE

DE SCHEMSELNIHAR AU PRINCE DE PERSE.

« Je viens d'apprendre par ma confi-
« dente une nouvelle qui ne me donne
« pas moins d'affliction que vous en devez
« avoir. En perdant Ebn Thaher, nous
« perdons beaucoup, à la vérité; mais que
« cela ne vous empêche pas, cher Prince,
« de songer à vous conserver. Si notre

« confident nous abandonne par une ter-
« reur panique, considérons que c'est un
« mal que nous n'avons pu éviter : il faut
« que nous nous en consolions. J'avoue
« qu'Ebn Thaher nous manque dans le
« temps que nous avions le plus besoin de
« son secours ; mais munissons-nous de
« patience contre ce coup imprévu, et ne
« laissons pas de nous aimer constam-
« ment. Fortifiez votre cœur contre cette
« disgrâce : on n'obtient pas sans peine
« ce que l'on souhaite. Ne nous rebutons
« point : espérons que le Ciel nous sera
« favorable, et qu'après tant de souf-
« frances nous verrons l'heureux accom-
« plissement de nos désirs. Adieu. »

Pendant que le joaillier s'entretenait
avec le prince de Perse, la confidente
avait eu le temps de retourner au palais,
et d'annoncer à sa maîtresse la fâcheuse
nouvelle du départ d'Ebn Thaher, Schemselnihar avait aussitôt écrit cette lettre,
et renvoyé sa confidente sur ses pas pour
la porter au prince incessamment, et la
confidente l'avait laissé tomber par mé-
garde.

Le joaillier fut bien aise de l'avoir trouvée; car elle lui fournissait un beau moyen
de se justifier dans l'esprit de la confidente, et de l'amener au point qu'il souhaitait. Comme il achevait de la lire, il
aperçut cette esclave qui la cherchait avec
beaucoup d'inquiétude, en jetant les yeux
de tous côtés. Il la referma promptement,
et la mit dans son sein; mais l'esclave prit
garde à son action, et courut à lui. « Seigneur, lui dit-elle, j'ai laissé tomber la
lettre que vous teniez tout à l'heure à la
main; je vous supplie de vouloir bien me
la rendre. » Le joaillier ne fit pas semblant de l'entendre, et, sans lui répondre,
continua son chemin jusqu'en sa maison.
Il ne ferma point la porte après lui, afin
que la confidente qui le suivait y pût entrer. Elle n'y manqua pas; et lorsqu'elle
fut dans sa chambre : « Seigneur, lui dit-
elle, vous ne pouvez faire aucun usage de
la lettre que vous avez trouvée, et vous
ne feriez pas difficulté de me la rendre,
si vous saviez de quelle part elle vient, et
à qui elle est adressée; d'ailleurs, vous me

permettrez de vous dire que vous ne pouvez pas honnêtement la retenir. »

Avant que de répondre à la confidente,
le joaillier la fit asseoir ; après quoi il lui
dit : « N'est-il pas vrai que la lettre dont
il s'agit est de la main de Schemselnihar,
et qu'elle est adressée au prince de Perse? »
L'esclave, qui ne s'attendait pas à cette
demande, changea de couleur : « La ques-
tion vous embarrasse, reprit-il ; mais sachez que je ne vous la fais pas par indis-
crétion : j'aurais pu vous rendre la lettre
dans la rue ; mais j'ai voulu vous attirer
ici, parce que je suis bien aise d'avoir un
éclaircissement avec vous. Est-il juste, dites-
moi, d'imputer un événement fâcheux aux
gens qui n'y ont nullement contribué? C'est
pourtant ce que vous avez fait, lorsque vous
avez dit au prince de Perse que c'est moi
qui ai conseillé à Ebn Thaher de sortir
de Bagdad pour sa sûreté. Je ne prétends
pas perdre le temps à me justifier auprès
de vous : il suffit que le prince de Perse
soit pleinement persuadé de mon innocence sur ce point. Je vous dirai seulement qu'au lieu d'avoir contribué au

départ d'Ebn Thaher, j'en ai été extrêmement mortifié, non pas tant par amitié
pour lui, que par compassion de l'état où
il laissait le prince, dont il m'avait découvert le commerce avec Schemselnihar.
Dès que j'ai été assuré qu'Ebn Thaher
n'était plus à Bagdad, j'ai couru me présenter au prince, chez qui vous m'avez
trouvé, pour lui apprendre cette nouvelle, et lui offrir les mêmes services qu'il
lui rendait. J'ai réussi dans mon dessein;
et pourvu que vous ayez en moi autant
de confiance que vous en aviez dans Ebn
Thaher, il ne tiendra qu'à vous de vous
servir utilement de mon entremise. Rendez compte à votre maîtresse de ce que je
viens de vous dire, et assurez-la bien que
quand je devrais périr en m'engageant
dans une intrigue si dangereuse, je ne me
repentirais point de m'être sacrifié pour
deux amans si dignes l'un de l'autre. »

La confidente, après avoir écouté le
joaillier avec beaucoup de satisfaction,
le pria de pardonner la mauvaise opinion
qu'elle avait conçue de lui, au zèle qu'elle
avait pour les intérêts de sa maîtresse.

« J'ai une joie infinie, ajouta-t-elle, de ce que Schemselnihar et le Prince retrouvent en vous un homme si propre à remplir la place d'Ebn Thaher. Je ne manquerai pas de bien faire valoir à ma maîtresse la bonne volonté que vous avez pour elle.... »

Scheherazade, en cet endroit, remarquant qu'il était jour, cessa de parler. La nuit suivante, elle poursuivit ainsi son discours :

~~~~~~

CCIIe NUIT.

Après que la confidente eut marqué au joaillier la joie qu'elle avait de le voir si disposé à rendre service à Schemselnihar et au prince de Perse, le joaillier tira la lettre de son sein, et la lui rendit, en lui disant : « Tenez, portez-la promptement au prince de Perse, et repassez par ici, afin que je voie la réponse qu'il y fera. N'oubliez pas de lui rendre compte de notre entretien. »

La confidente prit la lettre, et la porta

au prince, qui y fit réponse sur-le-champ.
Elle retourna chez le joaillier lui montrer
la réponse, qui contenait ces paroles :

RÉPONSE

DU PRINCE DE PERSE A SCHEMSELNIHAR.

« Votre précieuse lettre produit en moi
« un grand effet ; mais pas si grand que je
« le souhaiterais. Vous tâchez de me con-
« soler de la perte d'Ebn Thaher. Hélas !
« quelque sensible que j'y sois, ce n'est
« que la moindre partie des maux que je
« souffre. Vous les connaissez ces maux,
« et vous savez qu'il n'y a que votre pré-
« sence qui soit capable de les guérir.
« Quand viendra le temps que j'en pour-
« rai jouir sans craindre d'en être privé ?
« Qu'il me paraît éloigné ! ou plutôt faut-
« il nous flatter que nous le pourrons voir !
« Vous me commandez de me conserver :
« je vous obéirai, puisque j'ai renoncé à
« ma propre volonté pour ne suivre que
« la vôtre. Adieu. »

Après que le joaillier eut lu cette lettre, il la donna à la confidente, qui lui

dit en le quittant : « Je vais, Seigneur,
faire en sorte que ma maîtresse ait la
même confiance en vous qu'elle avait
pour Ebn Thaher. Vous aurez demain
de mes nouvelles. » En effet, le jour suivant il la vit arriver avec un air qui marquait combien elle était satisfaite. « Votre
seule vue, lui dit-il, me fait connaître
que vous avez mis l'esprit de Schemselnihar dans la disposition que vous sou-
haitiez. » « Il est vrai, répondit la confidente, et vous allez apprendre de quelle
manière j'en suis venue à bout. Je trouvai
hier, poursuivit-elle, Schemselnihar qui
m'attendait avec impatience; je lui remis
la lettre du prince : elle la lut les larmes
aux yeux; et quand elle eut achevé,
comme je vis qu'elle allait s'abandonner
à ses chagrins ordinaires : « Madame, lui
« dis-je, c'est sans doute l'éloignement
« d'Ebn Thaher qui vous afflige; mais
« permettez-moi de vous conjurer au
« nom de Dieu de ne vous point alarmer
« davantage sur ce sujet. Nous avons
« trouvé un autre lui-même, qui s'offre à
« vous obliger avec autant de zèle; et,

« ce qui est le plus important, avec plus
« de courage. » Alors je lui parlai de
vous, continua l'esclave, et lui racontai
le motif qui vous avait fait aller chez le
prince de Perse. Enfin, je l'assurai que
vous garderiez inviolablement le secret
au prince de Perse et à elle, et que vous
étiez dans la résolution de favoriser leurs
amours de tout votre pouvoir. Elle me
parut fort consolée après mon discours.
« Ah! quelle obligation, s'écria-t-elle,
« n'avons-nous pas, le prince de Perse et
« moi, à l'honnête homme dont vous me
« parlez! Je veux le connaître, le voir,
« pour entendre de sa propre bouche
« tout ce que vous venez de me dire, et
« le remercier d'une générosité inouïe
« envers des personnes pour qui rien ne
« l'oblige à s'intéresser avec tant d'af-
« fection. Sa vue me fera plaisir, et je
« n'oublierai rien pour le confirmer dans
« de si bons sentimens. Ne manquez pas
« de l'aller prendre demain, et de me
« l'amener. » « C'est pourquoi, Seigneur,
prenez la peine de venir avec moi jusqu'à son palais. »

Ce discours de la confidente embarrassa le joaillier. « Votre maîtresse, reprit-il, me permettra de dire qu'elle n'a pas bien pensé à ce qu'elle exige de moi. L'accès qu'Ebn Thaher avait auprès du calife lui donnait entrée partout, et les officiers, qui le connaissaient, le laissaient aller et venir librement au palais de Schemselnihar; mais moi, comment oserais-je y entrer? Vous voyez bien vous-même que cela n'est pas possible. Je vous supplie de représenter à Schemselnihar les raisons qui doivent m'empêcher de lui donner cette satisfaction, et toutes les suites fâcheuses qui pourraient en arriver. Pour peu qu'elle y fasse attention, elle trouvera que c'est m'exposer inutilement à un très-grand danger. »

La confidente tâcha de rassurer le joaillier. « Croyez-vous, lui dit-elle, que Schemselnihar soit assez dépourvue de raison pour vous exposer au moindre péril en vous faisant venir chez elle, vous de qui elle attend des services si considérables? Songez vous même qu'il n'y a pas la moindre apparence de danger pour vous? Nous sommes trop intéressées en cette affaire, ma maîtresse et moi, pour vous y engager mal à propos. Vous pouvez vous en fier à moi, et vous laisser conduire. Après que la chose sera faite, vous m'avouerez vous-même que votre crainte était mal fondée. »

Le joaillier se rendit aux discours de la confidente, et se leva pour la suivre; mais de quelque fermeté qu'il se piquât naturellement, la frayeur s'était tellement emparée de lui, que tout le corps lui tremblait. « Dans l'état où vous voilà, lui dit-elle, je vois bien qu'il vaut mieux que vous demeuriez chez vous, et que Schemselnihar prenne d'autres mesures pour vous voir; et il ne faut pas douter que pour satisfaire l'envie qu'elle en a, elle ne vienne ici vous trouver elle-même. Cela étant ainsi, Seigneur, ne sortez pas: je suis assurée que vous ne serez pas long-temps sans la voir arriver. » La confidente l'avait bien prévu : elle n'eut pas plutôt appris à Schemselnihar la frayeur du joaillier, que Schemselnihar se mit en état d'aller chez lui.

Il la reçut avec toutes les marques d'un profond respect. Quand elle se fut assise, comme elle était un peu fatiguée du chemin qu'elle avait fait, elle se dévoila, et laissa voir au joaillier une beauté qui lui fit connaître que le prince de Perse était excusable d'avoir donné son cœur à la favorite du calife. Ensuite elle salua le joaillier d'un air gracieux, et lui dit : « Je n'ai pu apprendre avec qu'elle ardeur vous êtes entré dans les intérêts du prince de Perse et dans les miens, sans former aussitôt le dessein de vous en remercier moi-même. Je rends grâces au Ciel de nous avoir si tôt dédommagés de la perte d'Ebn Thaher... »

Scheherazade fut obligée de s'arrêter en cet endroit, à cause du jour, qu'elle vit paraître. Le lendemain, elle continua son récit de cette sorte :

CCIIIᵉ NUIT.

Schemselnihar dit encore plusieurs autres choses obligeantes au joaillier, après

quoi elle se retira dans son palais. Le
joaillier alla sur-le-champ rendre compte
de cette visite au prince de Perse, qui
lui dit en le voyant : « Je vous attendais
avec impatience. L'esclave confidente m'a
apporté une lettre de sa maîtresse ; mais
cette lettre ne m'a point soulagé. Quoi
que me puisse mander l'aimable Schemselnihar, je n'ose rien espérer, et ma
patience est à bout. Je ne sais plus quel
conseil prendre ; le départ d'Ebn Thaher
me met au désespoir. C'était mon appui:
j'ai tout perdu en le perdant. Je pouvais
me flatter de quelque espérance par l'accès qu'il avait auprès de Schemselnihar. »

A ces mots, que le prince prononça
avec tant de vivacité, qu'il ne donna pas
le temps au joaillier de lui parler, le
joaillier lui dit : « Prince, on ne peut
prendre plus de part à vos maux que j'en
prends ; et si vous voulez avoir la patience
de m'écouter, vous verrez que je puis y
apporter du soulagement. » A ce discours, le prince se tut, et lui donna audience. « Je vois bien, reprit alors le
joaillier, que l'unique moyen de vous

rendre content, est de faire en sorte que
vous puissiez entretenir Schemselnihar en
liberté ; c'est une satisfaction que je veux
vous procurer, et j'y travaillerai dès
demain. Il ne faut point vous exposer à
entrer dans le palais de Schemselnihar :
vous savez par expérience que c'est une
démarche fort dangereuse. Je sais un lieu
plus propre à cette entrevue, et où vous
serez en sûreté. » Comme le joaillier
achevait ces paroles, le prince l'embrassa
avec transport. « Vous ressuscitez, dit-
il, par cette charmante promesse, un
malheureux amant qui s'était déjà con-
damné à la mort. A ce que je vois, j'ai
pleinement réparé la perte d'Ebn Thaher.
Tout ce que vous ferez sera bien fait ; je
m'abandonne entièrement à vous. »

Après que le prince eut remercié le
joaillier du zèle qu'il lui faisait paraître,
le joaillier se retira chez lui, où, dès le
lendemain matin, la confidente de Schemselnihar le vint trouver. Il lui dit qu'il
avait fait espérer au prince de Perse qu'il
pourrait voir bientôt Schemselnihar. « Je
viens exprès, lui répondit-elle, pour

prendre là-dessus des mesures avec vous.
Il me semble, continua-t-elle, que cette
maison serait assez commode pour cette
entrevue. » « Je pourrais bien, reprit-il,
les faire venir ici ; mais j'ai pensé qu'ils
seront plus en liberté dans une autre maison que j'ai, où actuellement il ne demeure
personne. Je l'aurai bientôt meublée assez
proprement pour les recevoir. » « Cela
étant, repartit la confidente, il ne s'agit
plus, à l'heure qu'il est, que d'y faire
consentir Schemselnihar. Je vais lui en
parler, et je viendrai vous en rendre
réponse en peu de temps. »

Effectivement, elle fut fort diligente ;
elle ne tarda pas à revenir, et elle rapporta au joaillier que sa maîtresse ne
manquerait pas de se trouver au rendez-
vous vers la fin du jour. En même temps,
elle lui mit entre les mains une bourse,
en lui disant que c'était pour acheter la
collation. Il la mena aussitôt à la maison
où les amans devaient se rencontrer ; afin
qu'elle sût où elle était, et qu'elle y pût
amener sa maîtresse ; et dès qu'ils se furent
séparés, il alla emprunter chez ses amis

de la vaisselle d'or et d'argent , des tapis, des coussins fort riches, et d'autres meubles ; dont il meubla cette maison très-magnifiquement. Quand il y eut mis toute chose en état , il se rendit chez le prince de Perse.

Représentez-vous la joie qu'eut le prince , lorsque le joaillier lui dit qu'il le venait prendre pour le conduire à la maison qu'il avait préparée pour le recevoir, lui et Schemselnihar. Cette nouvelle lui fit oublier ses chagrins et ses souffrances. Il prit un habit magnifique , et sortit sans suite avec le joaillier, qui le fit passer par plusieurs rues détournées , afin que personne ne les observât, et l'introduisit enfin dans la maison, où ils commencèrent à s'entretenir jusqu'à l'arrivée de Schemselnihar.

Ils n'attendirent pas long-temps cette amante trop passionnée. Elle arriva, après la prière du soleil couché , avec sa confidente et deux autres esclaves. De pouvoir vous exprimer l'excès de joie dont les deux amans furent saisis à la vue l'un de l'autre , c'est une chose qui ne m'est

pas possible. Ils s'assirent sur le sofa , et
se regardèrent quelque temps sans pouvoir
parler , tant ils étaient hors d'eux-mêmes ;
mais quand l'usage de la parole leur fut
revenu , ils se dédommagèrent bien de ce
silence. Ils se dirent des choses si tendres ,
que le joaillier , la confidente et les deux
esclaves en pleurèrent. Le joaillier néanmoins essuya ses larmes pour songer à la
collation , qu'il apporta lui-même. Les
amans burent et mangèrent peu ; après
quoi s'étant tous deux remis sur le sofa ,
Schemselnihar demanda au joaillier s'il
n'avait pas un luth ou quelqu'autre instrument. Le joaillier , qui avait eu soin
de pourvoir à tout ce qui pouvait lui faire
plaisir , lui apporta un luth. Elle mit
quelques momens à l'accorder , et ensuite
elle chanta....

Là s'arrêta Scheherazade , à cause du
jour , qui commençait à paraître. La nuit
suivante , elle poursuivit ainsi :

~~~~~~~~~~~~~~~~~~~~~~~~~~~~~~~~~~~~~~~

CCIV^e NUIT.

DANS le temps que Schemselnihar charmait le prince de Perse en lui exprimant sa
passion par des paroles qu'elle composait
sur-le-champ, on entendit un grand bruit,
et aussitôt un esclave que le joaillier avait
amené avec lui, parut tout effrayé, et vint
dire qu'on enfonçait la porte; qu'il avait
demandé qui c'était; mais qu'au lieu de
répondre, on avait redoublé les coups. Le
joaillier, alarmé, quitta Schemselnihar et
le prince pour aller lui-même vérifier cette
mauvaise nouvelle. Il était déjà dans la
cour lorsqu'il entrevit dans l'obscurité une
troupe de gens armés de haches et de
sabres, qui avaient enfoncé la porte, et
venaient droit à lui. Il se rangea au plus
vite contre un mur; et, sans en être
aperçu, il les vit passer au nombre dix.

Comme il ne pouvait pas être d'un grand
secours au prince de Perse et à Schemselnihar, il se contenta de les plaindre en lui-
même, et prit le parti de la fuite. Il sortit

de sa maison, et alla se réfugier chez un voisin qui n'était pas encore couché, ne doutant point que cette violence imprévue ne se fît par ordre du calife, qui avait sans doute été averti du rendez-vous de sa favorite avec le prince de Perse. De la maison où il s'était sauvé, il entendait le grand bruit que l'on faisait dans la sienne ; et ce bruit dura jusqu'à minuit. Alors, comme il lui semblait que tout y était tranquille, il pria le voisin de lui prêter un sabre ; et, muni de cette arme, il sortit, s'avança jusqu'à la porte de la maison, entra dans le cour, où il aperçut avec frayeur un homme qui lui demanda qui il était. Il reconnut à la voix que c'était son esclave. « Comment as-tu fait, lui dit-il, pour éviter d'être pris par le guet? » « Seigneur, lui répondit l'esclave, je me suis caché dans un coin de la cour, et j'en suis sorti d'abord que je n'ai plus entendu de bruit. Mais ce n'est point le guet qui a forcé votre maison; ce sont des voleurs, qui, ces jours passés, en ont pillé une dans ce quartier-ci. Il ne faut pas douter qu'ils n'aient remarqué la richesse des meubles que

vous avez fait apporter ici , et qu'elle ne
leur ait donné dans la vue. »

Le joaillier trouva la conjecture de son
esclave assez probable. Il visita sa maison,
et vit en effet que les voleurs avaient enlevé le bel ameublement de la chambre
où il avait reçu Schemselnihar et son
amant, qu'ils avaient emporté sa vaisselle
d'or et d'argent, et enfin qu'ils n'y avaient
point laissé la moindre chose. Il en fut dé-
solé, « O ciel! s'écria-t-il, je suis perdu
sans ressource ! Que diront mes amis, et
quelle excuse leur apporterai-je, quand
je leur dirai que les voleurs ont forcé ma
maison, et dérobé ce qu'ils m'avaient si gé-
néreusement prêté ? Ne faudra-t-il pas que
je les dédommage de la perte que je leur
ai causée ? D'ailleurs, que sont devenus
Schemselnihar et le prince de Perse ?
Cette affaire fera un si grand éclat , qu'il
est impossible qu'elle n'aille pas jusqu'aux
oreilles du calife. Il apprendra cette entrevue, et je servirai de victime à sa colère. » L'esclave, qui lui était fort affec-
tionné, tâcha de le consoler. « A l'égard
de Schemselnihar , lui dit-il, les voleurs

apparemment se seront contentés de la
dépouiller, et vous devez croire qu'elle se
sera retirée en son palais avec ses esclaves.
Le prince de Perse aura eu le même sort.
Ainsi, vous pouvez espérer que le calife
ignorera toujours cette aventure. Pour ce
qui est de la perte que vos amis ont faite,
c'est un malheur que vous n'avez pu éviter.
Ils savent bien que les voleurs sont en si
grand nombre, qu'ils ont eu la hardiesse
de piller non-seulement la maison dont je
vous ai parlé, mais même plusieurs autres
des principaux seigneurs de la Cour; et ils
n'ignorent pas que, malgré les ordres qui
ont été donnés pour les prendre, on n'a
pu encore se saisir d'aucun d'eux, quelque diligence qu'on ait faite. Vous en serez
quitte en rendant à vos amis la valeur des
choses qui ont été volées, et il vous restera
encore, dieu merci, assez de biens. »

En attendant que le jour parût, le joaillier fit raccommoder par son esclave, le
mieux qu'il fut possible, la porte de la
rue qui avait été forcée ; après quoi il retourna dans sa maison ordinaire avec son
esclave, en faisant de tristes réflexions sur

ce qui était arrivé. « Ebn Thaher, dit-il en lui-même, a été bien plus sage que moi : il avait prévu ce malheur où je me suis jeté en aveugle. Plût à Dieu que je ne me fusse jamais mêlé d'une intrigue qui me coûtera peut-être la vie ! »

A peine était-il jour, que le bruit de la maison pillée se répandit dans la ville, et attira chez lui une foule d'amis et de voisins, dont la plupart, sous prétexte de lui témoigner de la douleur de cet accident, étaient curieux d'en savoir le détail. Il ne laissa pas de les remercier de l'affection qu'ils lui marquaient. Il eut au moins la consolation de voir que personne ne lui parlait de Schemselnihar, ni du prince de Perse ; ce qui lui fit croire qu'ils étaient chez eux, ou qu'ils devaient être en quelque lieu de sûreté.

Quand le joaillier fut seul, ses gens lui servirent à manger; mais il ne mangea presque pas. Il était environ midi, lorsqu'un de ses esclaves vint lui dire qu'il y avait à la porte un homme qu'il ne connaissait pas, qui demandait à lui parler. Le joaillier, ne voulant pas recevoir un

inconnu chez lui, se leva, et alla lui parler
à la porte. « Quoique vous ne me connaissiez pas, lui dit l'homme, je ne laisse pas
de vous connaître; et je viens vous entretenir d'une affaire importante. » Le joaillier, à ces mots, le pria d'entrer. « Non,
reprit l'inconnu, prenez plutôt la peine,
s'il vous plaît, de venir avec moi jusqu'à
votre autre maison. » « Comment savez-
vous, répliqua le joailler, que j'ai une
autre maison que celle-ci ? » « Je le sais,
repartit l'inconnu. Vous n'avez seulement
qu'à me suivre, et ne craignez rien ; j'ai
quelque chose à vous communiquer qui
vous fera plaisir. » Le joaillier partit aussitôt avec lui ; et après lui avoir raconté en
chemin de quelle manière la maison où ils
allaient avait été volée, il lui dit qu'elle
n'était pas dans un état à l'y recevoir.

Quand ils furent devant la maison, et que
l'inconnu vit que la porte était à moitié
brisée : « Passons outre, dit-il au joaillier,
je vois bien que vous m'avez dit la vérité.
Je vais vous mener dans un lieu où nous
serons plus commodément. » En disant
cela, ils continuèrent de marcher, et mar-

chèrent tout le reste du jour sans s'arrêter.
Le joaillier, fatigué du chemin qu'il avait
fait, et chagrin de voir que la nuit s'approchait, et que l'inconnu marchait toujours sans lui dire où il prétendait le mener, commençait à perdre patience, lorsqu'ils arrivèrent à une place qui conduisait
au Tigre. Dès qu'ils furent sur le bord du
fleuve, ils s'embarquèrent dans un petit
bateau, et passèrent de l'autre côté. Alors
l'inconnu mena le joaillier par une longue rue où il n'avait été de sa vie; et après
lui avoir fait traverser je ne sais combien de
rues détournées, il s'arrêta à une porte qu'il
ouvrit. Il fit entrer le joaillier, referma et
barra la porte d'une grosse barre de fer,
et le conduisit dans une chambre où il y
avait dix autres hommes qui n'étaient pas
moins inconnus au joaillier que celui qui
l'avait amené.

Ces dix hommes reçurent le joaillier
sans lui faire beaucoup de complimens. Ils
lui dirent de s'asseoir, ce qu'il fit. Il en
avait grand besoin; car il n'était pas seulement hors d'haleine d'avoir marché si
long-temps, la frayeur dont il était saisi

de se voir avec des gens si propres à lui
en causer, ne lui aurait pas permis de
demeurer debout. Comme ils attendaient
leur chef pour souper, d'abord qu'il fut
arrivé, on servit. Ils se lavèrent les mains,
obligèrent le joaillier à faire la même
chose, et à se mettre à table avec eux.
Après le repas, ces hommes lui demandèrent s'il savait à qui il parlait. Il répondit que non, et qu'il ignorait même le
quartier et le lieu où il était. « Racontez-
nous votre aventure de cette nuit, lui dirent-ils, et ne nous déguisez rien. » Le
joaillier, étonné de ce discours, leur répondit : « Messeigneurs, apparemment
que vous en êtes déjà instruits. » « Cela
est vrai, répliquèrent-ils, le jeune homme
et la jeune dame qui étaient chez vous
hier au soir, nous en ont parlé; mais nous
la voulons savoir de votre propre bouche. » Il n'en fallut pas davantage pour
faire comprendre au joaillier qu'il parlait
aux voleurs qui avaient forcé et pillé sa
maison. « Messeigneurs, s'écria-t-il, je suis
fort en peine de ce jeune homme et de

cette jeune dame, ne pourriez - vous pas
m'en donner des nouvelles?..... »

Scheherazade, en cet endroit, s'interrompit pour avertir le sultan des Indes
que le jour paraissait, et elle demeura
dans le silence. La nuit suivante, elle reprit ainsi son discours :

CCVᵉ NUIT.

SIRE, dit - elle, sur la demande que le
joaillier fit aux voleurs, s'ils ne pouvaient
pas lui apprendre des nouvelles du jeune
homme et de la jeune dame : « N'en soyez
pas en peine davantage, reprirent - ils ;
ils sont en lieu de sûreté, ils se portent
bien. » En disant cela, ils lui montrèrent
deux cabinets, et ils l'assurèrent qu'ils y
étaient chacun séparément. « Ils nous ont
appris, ajoutèrent-ils, qu'il n'y a que vous
qui ayez connaissance de ce qui les regarde. Dès que nous l'avons su, nous avons
eu pour eux tous les égards possibles à
votre considération. Bien loin d'avoir usé
de la moindre violence, nous leur avons
fait au contraire toute sorte de bons trai-

temens, et personne de nous ne voudrait
leur avoir fait le moindre mal. Nous vous
disons la même chose de votre personne,
et vous pouvez prendre toute sorte de
confiance en nous. »

Le joaillier, rassuré par ce discours, et
ravi de ce que le prince de Perse et Schemselnihar avaient la vie sauve, prit le parti
d'engager davantage les voleurs dans leur
bonne volonté. Il les loua, il les flatta,
et leur donna mille bénédictions. « Seigneurs, leur dit-il, j'avoue que je n'ai pas
l'honneur de vous connaître ; mais c'est
un très-grand bonheur pour moi de ne
vous être pas inconnu, et je ne puis assez
vous remercier du bien que cette connaissance m'a procuré de votre part. Sans parler d'une si grande action d'humanité, je
vois qu'il n'y a que des gens de votre sorte
capables de garder un secret si fidèlement,
qu'il n'y a pas lieu de craindre qu'il soit
jamais révélé ; et s'il y a quelque entreprise difficile, il n'y a qu'à vous en char-
ger ; vous savez en rendre un bon compte
par votre ardeur, par votre courage, par
votre intrépidité. Fondé sur des qualités

qui vous appartiennent à si juste titre, je
ne ferai pas difficulté de vous raconter mon
histoire et celle des deux personnes que
vous avez trouvées chez moi, avec toute
la fidélité que vous m'avez demandée. »

Après que le joaillier eut pris ces précautions pour intéresser les voleurs dans
la confidence entière de ce qu'il avait à
leur révéler, qui ne pouvait produire
qu'un bon effet, autant qu'il pouvait le
juger, il leur fit, sans rien omettre, le détail des amours du prince de Perse et de
Schemselnihar, depuis le commencement
jusqu'au rendez-vous qu'il leur avait procuré dans sa maison.

Les voleurs furent dans un grand étonnement de toutes les particularités qu'ils
venaient d'entendre. « Quoi! s'écrièrent-
ils, quand le joaillier eut achevé, est - il
bien possible que le jeune homme soit l'il-
lustre Ali Ebn Becar, prince de Perse,
et la jeune dame, la belle et la célèbre
Schemselnihar ? » Le joaillier leur jura
que rien n'était plus vrai que ce qu'il leur
avait dit; et il ajouta qu'ils ne devaient
pas trouver étrange que des personnes si

distinguées eussent eu de la répugnance à
se faire connaître.

Sur cette assurance, les voleurs allèrent
se jeter aux pieds du prince et de Schemselnihar l'un après l'autre, et ils les sup-
plièrent de leur pardonner, en leur pro-
testant qu'il ne serait rien arrivé de ce qui
s'était passé, s'ils eussent été informés de
la qualité de leurs personnes avant de for-
cer la maison du joaillier. « Nous allons
tâcher, ajoutèrent-ils, de réparer la faute
que nous avons commise. » Ils revinrent
au joaillier : « Nous sommes bien fâchés,
lui dirent-ils, de ne pouvoir vous rendre
tout ce qui a été enlevé chez vous, dont
une partie n'est plus à notre disposition.
Nous vous prions de vous contenter de
l'argenterie, que nous allons vous remettre entre les mains. »

Le joaillier s'estima trop heureux de la
grâce qu'on lui faisait. Quand les voleurs
lui eurent livré l'argenterie, ils firent venir le prince de Perse et Schemselnihar ;
et leur dirent, de même qu'au joaillier,
qu'ils allaient les ramener en un lieu d'où
ils pourraient se retirer chacun chez soi,

mais qu'auparavant ils voulaient qu'ils
s'engageassent par serment de ne les pas
déceler. Le prince de Perse, Schemselnihar et le joaillier leur dirent qu'ils auraient pu se fier à leur parole ; mais, puisqu'ils le souhaitaient, qu'ils juraient so-
lennellement de leur garder une fidélité
inviolable. Aussitôt les voleurs, satisfaits
de leur serment, sortirent avec eux.

Dans le chemin, le joaillier, inquiet de
ne pas voir la confidente ni les deux esclaves, s'approcha de Schemselnihar, et
la supplia de lui apprendre ce qu'elles
étaient devenues. « Je n'en sais aucune
nouvelle, répondit-elle. Je ne puis vous
dire autre chose, sinon qu'on nous enleva
de chez vous, qu'on nous fit passer l'eau,
et que nous fûmes conduits à la maison
d'où nous venons.

Schemselnihar et le joaillier n'eurent
pas un plus long entretien, ils se laissèrent conduire par les voleurs avec le
prince, et ils arrivèrent au bord du fleuve.
Les voleurs prirent un bateau, s'embarquèrent avec eux, et les passèrent à
l'autre bord.

Dans le temps que le prince de Perse, Schemselnihar et le joaillier débarquaient, on entendit un grand bruit du guet à cheval qui accourait, et il arriva dans le moment que le bateau ne faisait que de déborder, et qu'il repassait les voleurs à toute force de rames.

Le commandant de la brigade demanda au prince, à Schemselnihar et au joaillier, d'où ils venaient si tard, et qui ils étaient. Comme ils étaient saisis de frayeur, et que d'ailleurs ils craignaient de dire quelque chose qui leur fît tort, ils demeurèrent interdits. Il fallait parler cependant; c'est ce que fit le joaillier, qui avait l'esprit un peu plus libre. « Seigneur, répondit-il, je puis vous assurer, premièrement, que nous sommes d'honnêtes personnes de la ville. Les gens qui sont dans le bateau qui vient de nous débarquer, et qui repasse de l'autre côté, sont des voleurs qui forcèrent la dernière nuit la maison où nous étions. Ils la pillèrent, et nous emmenèrent chez eux, où, après les avoir pris par toutes les voies de douceur que nous avons pu imaginer, nous avons enfin

obtenu notre liberté; et ils nous ont ra-
menés jusqu'ici. Ils nous ont même rendu
une bonne partie du butin qu'ils avaient
fait sur nous, que voici.» En disant cela,
il montra au commandant le paquet d'argenterie qu'il portait.

Le commandant ne se contenta pas de
cette réponse du joaillier; il s'approcha
de lui et du prince de Perse, et les regarda l'un après l'autre.» Dites-moi au
vrai, reprit-il en s'adressant à eux, qui
est cette dame, d'où vous la connaissez,
et en quel quartier vous demeurez ?»

Cette demande les embarrassa fort, et
ils ne savaient que répondre. Schemselnihar franchit la difficulté. Elle tira le
commandant à part; et elle ne lui eut pas
plutôt parlé, qu'il mit pied à terre avec
de grandes marques de respect et d'honnêteté. Il commanda aussitôt à ses gens de
faire venir deux bateaux.

Quand les bateaux furent venus, le
commandant fit embarquer Schemselnihar
dans l'un, et le prince de Perse et le joaillier dans l'autre, avec deux de ses gens
dans chaque bateau, avec ordre de les

accompagner chacun jusqu'où ils devaient aller. Les deux bateaux prirent chacun une route différente. Nous ne parlerons présentement que du bateau où étaient le prince de Perse et le joaillier.

Le prince de Perse, pour épargner la peine aux conducteurs qui lui avaient été donnés et au joaillier, leur dit qu'il mènerait le joaillier chez lui, et leur nomma le quartier où il demeurait. Sur cet enseignement, les conducteurs firent aborder le bateau devant le palais du calife. Le prince de Perse et le joaillier en furent dans une frayeur, dont ils n'osèrent rien témoigner. Quoiqu'ils eussent entendu l'ordre que le commandant avait donné, ils ne laissèrent pas néanmoins de s'imaginer qu'on allait les mettre au corps-de-garde, pour être présentés au calife le lendemain.

Ce n'était pas là cependant l'intention des conducteurs. Quand ils les eurent fait débarquer, comme ils avaient à aller rejoindre leur brigade, ils les recommandèrent à un officier de la garde du calife, qui leur donna deux de ses soldats pourles conduire par terre à l'hôtel du prince de Perse, qui était assez éloigné du fleuve. Ils y arrivèrent enfin ; mais tellement las et fatigués, qu'à peine ils pouvaient se mouvoir.

Avec cette grande lassitude, le prince de Perse était d'ailleurs si affligé du contre-temps malheureux qui lui était arrivé, à lui et à Schemselnihar, et qui lui ôtait désormais l'espérance d'une autre entrevue, qu'il s'évanouit en s'asseyant sur son sofa. Pendant que la plus grande partie de ses gens s'occupaient à le faire revenir, les autres s'assemblèrent autour du joaillier, et le prièrent de leur dire ce qui était arrivé au prince, dont l'absence les avait mis dans une inquiétude inexprimable.....

Scheherazade s'interrompit à ces derniers mots, et se tut, à cause du jour, dont la clarté commençait à se faire voir. Elle reprit son discours la nuit suivante, et dit au sultan des Indes :

CCVI^e NUIT.

Sire, je disais hier à Votre Majesté, que pendant que l'on était occupé à faire revenir le prince de son évanouissement, d'autres de ses gens avaient demandé au joaillier ce qui était arrivé à leur maître. Le joaillier, qui n'avait garde de leur révéler rien de ce qu'il ne leur appartenait pas de savoir, leur répondit que la chose était très-extraordinaire; mais que ce n'était pas le temps d'en faire le récit, et qu'il valait mieux songer à secourir le prince. Par bonheur, le prince de Perse revint à lui en ce moment; et ceux qui lui avaient fait cette demande avec empressement, s'écartèrent et demeurèrent dans le respect, avec beaucoup de joie de ce que l'évanouissement n'avait pas duré plus long-temps.

Quoique le prince de Perse eût recouvré la connaissence, il demeura néanmoins dans une si grande faiblesse, qu'il ne pouvait ouvrir la bouche pour parler. Il ne répondait que par signes, même à ses parens qui lui parlaient. Il était encore en cet état le lendemain matin, lorsque le joaillier prit congé de lui. Le prince ne lui répondit que par un clin-d'œil, en lui tendant la main; et comme il vit qu'il était chargé du paquet d'argenterie que les voleurs lui avaient rendu, il fit signe à un de ses gens de le prendre et de le porter jusque chez lui.

On avait attendu le joaillier avec grande impatience dans sa famille, le jour qu'il en était sorti avec l'homme qui l'était venu demander, et que l'on ne connaissait pas, et l'on n'avait pas douté qu'il ne lui fût arrivé quelque autre affaire pire que la première, dès que le temps où il devait être revenu fut passé. Sa femme, ses enfans et ses domestiques en étaient dans de grandes alarmes, et ils en pleuraient encore lorsqu'il arriva. Ils eurent de la joie de le revoir; mais ils furent troublés de ce qu'il était extrêmement changé depuis le peu de temps qu'ils ne l'avaient vu. La longue fatigue du jour précédent, et la nuit qu'il avait passée dans de grandes

frayeurs et sans dormir, étaient la cause
de ce changement, qui l'avait rendu à
peine reconnaissable. Comme il se sentait
lui-même fort abattu, il demeura deux
jours chez lui à se remettre, et il ne vit
que quelques-uns de ses amis les plus intimes à qui il avait commandé qu'on lais-
sât l'entrée libre.

Le troisième jour, le joaillier, qui sen-
tit ses forces un peu rétablies, crut qu'elles
augmenteraient, s'il sortait pour prendre
l'air. Il alla à la boutique d'un riche marchand de ses amis, avec qui il s'entretint
assez long-temps. Comme il se levait pour
prendre congé de son ami et se retirer, il
aperçut une femme qui lui faisait signe, et
il la reconnut pour la confidente de Schemselnihar. Entre la crainte et la joie qu'il
en eut, il se retira plus promptement,
sans la regarder. Elle le suivit, comme il
s'était bien douté qu'elle le ferait, parce
que le lieu où il était n'était pas commode pour s'entretenir avec elle. Comme
il marchait un peu vite, la confidente, qui
ne pouvait le suivre du même pas, lui
criait de temps en temps de l'attendre. Il

l'entendait bien ; mais, après ce qui lui
était arrivé, il ne pouvait pas lui parler
en public, de peur de donner lieu de
soupçonner qu'il eût, ou qu'il eût eu commerce avec Schemselnihar. En effet, on
savait dans Bagdad qu'elle appartenait à
cette favorite, et qu'elle faisait toutes ses
emplettes. Il continua du même pas, et
arriva à une mosquée qui était peu fré-
quentée, et où il savait bien qu'il n'y aurait personne. Elle y entra après lui, et
ils eurent toute la liberté de s'entretenir
sans témoins.

Le joaillier et la confidente de Schemselnihar se témoignèrent réciproquement
combien ils avaient de joie de se revoir,
après l'aventure étrange causée par les
voleurs ; et leur crainte l'un pour l'autre,
sans parler de celle qui regardait leur
propre personne.

Le joaillier voulait que la confidente
commençât par lui raconter comment elle
avait échappé avec les deux esclaves, et
qu'elle lui apprît ensuite des nouvelles de
Schemselnihar, depuis qu'il ne l'avait
vue. Mais la confidente lui marqua un si

grand empressement de savoir auparavant ce qui lui était arrivé depuis leur séparation si imprévue, qu'il fut obligé de
la satisfaire. « Voilà, dit-il en achevant,
ce que vous désiriez d'apprendre de moi:
apprenez-moi, je vous prie, à votre tour,
ce que je vous ai déjà demandé. »

« Dès que je vis paraître les voleurs,
dit la confidente, je m'imaginai, sans les
bien examiner, que c'étaient des soldats
de la garde du calife; que le calife avait
été informé de la sortie de Schemselnihar,
et qu'il les avait envoyés pour lui ôter la
vie, au prince de Perse et à nous tous.
Prévenue de cette pensée, je montai sur-
le-champ à la terrasse du haut de votre
maison, pendant que les voleurs entrèrent dans la chambre où étaient le prince
de Perse et Schemselnihar. Les deux esclaves de Schemselnihar furent diligentes
à me suivre. De terrasse en terrasse, nous
arrivâmes à celle d'une maison d'honnêtes
gens, qui nous reçurent avec beaucoup
d'honnêteté, et chez qui nous passâmes
la nuit. Le lendemain matin, après que
nous eûmes remercié le maître de la mai-

son du plaisir qu'il nous avait fait, nous
retournâmes au palais de Schemselnihar.
Nous y rentrâmes dans un grand désordre, et d'autant plus affligées, que nous
ne savions quel avait été le destin de nos
deux amans infortunés. Les autres femmes de Schemselnihar furent étonnées de
voir que nous revenions sans elle. Nous
eur dîmes, comme nous en étions con-
venues, qu'elle était demeurée chez une
dame de ses amies, et qu'elle devait nous
envoyer appeler pour aller la reprendre
quand elle voudrait revenir, et elles se
contentèrent de cette excuse. Je passai
cependant la journée dans une grande inquiétude. La nuit venue, j'ouvris la petite porte de derrière, et je vis un petit
bateau sur le canal détourné du fleuve
qui y aboutit. J'appelai le batelier, et le
priai d'aller de côté et d'autre le long du
fleuve, voir s'il n'apercevrait pas une
dame, et, s'il la rencontrait, de l'amener.
J'attendis son retour avec les deux esclaves, qui étaient dans la même peine
que moi; et il était déjà près de minuit
lorsque le même bateau arriva avec deux

hommes dedans, et une femme couchée
sur la poupe. Quand le bateau eut abordé,
les deux hommes aidèrent la femme à se
lever et à débarquer, et je la reconnus
pour Schemselnihar, avec une joie de la
revoir et de ce qu'elle était retrouvée,
que je ne puis exprimer....

Scheherazade finit ici son discours pour
cette nuit. Elle reprit le même conte la
nuit suivante, et dit au sultan des Indes :

CCVIIᵉ NUIT,

SIRE, nous laissâmes hier la confidente
de Schemselnihar dans la mosquée, où
elle racontait au joaillier ce qui lui était
arrivé depuis qu'ils ne s'étaient vus, et les
circonstances du retour de Schemselnihar à son palais. Elle poursuivit ainsi :

« Je donnai, dit-elle, la main à Schemselnihar pour l'aider à mettre pied à terre.
Elle avait grand besoin de ce secours, car
elle ne pouvait presque se soutenir. Quand
elle fut débarquée, elle me dit à l'oreille,
d'un ton qui marquait son affliction, d'al-

ler prendre une bourse de mille pièces
d'or, et de la donner aux deux soldats
qui l'avaient accompagnée. Je la remis
entre les mains des deux esclaves pour
la soutenir; et après avoir dit aux deux
soldats de m'attendre un moment, je courus prendre la bourse, et je revins incessamment. Je la donnai aux deux soldats,
je payai le batelier, et je fermai la porte.
Je rejoignis Schemselnihar qu'elle n'était
pas encore arrivée à sa chambre. Nous ne
perdîmes pas de temps, nous la désha-
billâmes et nous la mîmes dans son lit,
où elle ne fut pas plutôt, qu'elle demeura
comme prête à rendre l'ame tout le reste
de la nuit. Le jour suivant, ses autres
femmes témoignèrent un grand empressement de la voir; mais je leur dis qu'elle
était revenue extrêmement fatiguée, et
qu'elle avait besoin de repos pour se remettre. Nous lui donnâmes cependant,
les deux autres femmes et moi, tous les
secours que nous pûmes imaginer, et
qu'elle pouvait attendre de notre zèle.
Elle s'obstina d'abord à ne vouloir rien
prendre; et nous eussions désespéré de sa

vie, si nous ne nous fussions aperçu que
le vin que nous lui donnions de temps en
temps, lui faisait reprendre des forces.
A force de prières enfin, nous vainquîmes
son opiniâtreté, et nous l'obligeâmes à
manger. Lorsque je vis qu'elle était en
état de parler, (car elle n'avait fait que
pleurer, gémir et soupirer jusqu'alors,)
je lui demandai en grâce de vouloir bien
me dire par quel bonheur elle avait
échappé des mains des voleurs : « Pourquoi exigez-vous de moi, me dit-elle
avec un profond soupir, que je renou-
velle un si grand sujet d'affliction ? Plût
à Dieu que les voleurs m'eussent ôté la
vie, au lieu de me la conserver ; mes
maux seraient finis, et je ne vis que pour
souffrir davantage ! »

« Madame, repris-je, je vous supplie
de ne me pas refuser. Vous n'ignorez pas
que les malheureux ont quelque sorte de
consolation à raconter leurs aventures les
plus fâcheuses. Ce que je vous demande
vous soulagera, si vous avez la bonté de
me l'accorder. »

« Ecoutez-donc, me dit-elle, la chose la

plus désolante qui puisse arriver à une
personne aussi passionnée que moi , qui
croyait n'avoir plus rien à désirer. Quand
je vis entrer les voleurs le sabre et le poignard à la main , je crus que nous étions
au dernier moment de notre vie , le prince
de Perse et moi , et je ne regrettais pas
ma mort, dans la pensée que je devais
mourir avec lui. Au lieu de se jeter sur
nous pour nous percer le cœur , comme
je m'y attendais, deux furent commandés
pour nous garder ; et les autres , cependant, firent des ballots de tout ce qu'il y
avait dans la chambre et dans les pièces
à côté. Quand ils eurent achevé , et qu'ils
eurent chargé les ballots sur leurs épaules,
ils sortirent , et nous emmenèrent avec
eux.

« Dans le chemin, un de ceux qui nous
accompagnaient me demanda qui j'étais ;
et je lui dis que j'étais danseuse. Il fit la
même demande au prince, qui répondit
qu'il était bourgeois.

« Lorsque nous fûmes chez eux, où nous
eûmes de nouvelles frayeurs, il s'assemblèrent autour de moi ; et après avoir

considéré mon habillement et les riches joyaux dont j'étais parée, ils se doutèrent que j'avais déguisé ma qualité. « Une danseuse n'est pas faite comme vous, me dirent-ils. Dites-nous au vrai qui vous êtes. »

« Comme ils virent que je ne répondais rien : « Et vous, demandèrent-ils au prince de Perse, qui êtes-vous aussi ? Nous voyons bien que vous n'êtes pas un simple bourgeois comme vous l'avez dit. » Il ne les satisfit pas plus que moi sur ce qu'ils désiraient de savoir. Il leur dit seulement qu'il était venu voir le joaillier, qu'il nomma, et se divertir avec lui, et que la maison où ils nous avaient trouvés lui appartenait. »

« Je connais ce joaillier, dit aussitôt un des voleurs, qui paraissait avoir de l'autorité parmi eux ; je lui ai quelque obligation sans qu'il en sache rien, et je sais qu'il a une autre maison ; je me charge de le faire venir demain. Nous ne vous relâcherons pas, continua-t-il, que nous ne sachions par lui qui vous êtes. Il ne vous sera fait cependant aucun tort. »

« Le joaillier fut amené le lendemain; et comme il crut nous obliger, comme il le fit en effet, il déclara aux voleurs qui nous étions véritablement. Les voleurs vinrent me demander pardon, et je crois qu'ils en usèrent de même envers le prince de Perse, qui était dans un autre endroit, et ils me protestèrent qu'ils n'auraient pas forcé la maison où ils nous avaient trouvés, s'ils eussent su qu'elle appartenait au joaillier. Ils nous prirent aussitôt, le prince de Perse, le joaillier et moi, et ils nous amenèrent jusqu'au bord du fleuve; ils nous firent embarquer dans un bateau qui nous passa de ce côté : mais nous ne fûmes pas plutôt débarqués, qu'une brigade du guet à cheval vint à nous.

« Je pris le commandant à part; je me nommai, et lui dis que le soir précédent, en revenant de chez une amie, les voleurs qui repassaient de leur côté, m'avaient arrêtée et emmenée chez eux; que je leur avais dit qui j'étais, et qu'en me relâchant ils avaient fait la même grâce, à ma considération, aux deux personnes qu'ils voyaient, après que je les eus assurés qu'elles étaient de ma connaissance. Il mit aussitôt pied à terre pour me faire honneur ; et après qu'il m'eut témoigné la joie qu'il avait de pouvoir m'obliger en quelque chose, il fit venir deux bateaux, et me fit embarquer dans l'un avec deux de ses gens que vous avez vus qui m'ont escortée jusqu'ici. Pour ce qui est du prince de Perse et du joaillier, il les renvoya dans l'autre, aussi avec deux de ses gens pour les accompagner et les conduire en sûreté jusque chez eux.

« J'ai confiance, ajouta-t-elle, en finissant et en fondant en larmes, qu'il ne leur sera point arrivé de mal depuis notre séparation, et je ne doute pas que la douleur du prince ne soit égale à la mienne. Le joaillier qui nous a obligés avec tant d'affection, mérite d'être récompensé de la perte qu'il a faite pour l'amour de nous. Ne manquez pas, demain au matin, de prendre deux bourses de mille pièces d'or chacune, de les lui porter de ma part, et de lui demander des nouvelles du prince de Perse. »

Quand ma bonne maîtresse eut achevé, je tâchai, sur le dernier ordre qu'elle venait de me donner, de m'informer des nouvelles du prince de Perse, de lui persuader de faire des efforts pour se surmonter elle-même, après le danger qu'elle venait d'essuyer, et dont elle n'avait échappé que par miracle. « Ne me répliquez pas, reprit-elle, et faites ce que je vous demande. »

Je fus contrainte de me taire, et je suis venue pour lui obéir. J'ai été chez vous, où je ne vous ai pas trouvé ; et dans l'incertitude si je vous trouverais où l'on m'a dit que vous pouviez être, j'ai été sur le point d'aller chez le prince de Perse ; mais je n'ai osé l'entreprendre. J'ai laissé les deux bourses en passant chez une personne de connaissance : attendez-moi ici, je ne mettrai pas de temps à les apporter.....

Scheherazade s'aperçut que le jour paraissait, et se tut après ces dernières paroles. Elle continua le même conte la nuit suivante, et dit au sultan des Indes :

FIN DU QUATRIÈME VOLUME.

TABLE

DU TOME QUATRIÈME.

Fin de la Table du quatrième volume.